El Regalo de Vivir
Un viaje a través de los años

"Una Experiencia Única,
Extraordinaria y Maravillosa,
Que Sólo Puede Ser Vivida Una Sola Vez."

Rodrigo Ángel

Aún recuerdo el día en que conocí al autor de este libro hace casi 16 años ... conozco esa etapa de su vida y su formación ministerial, el pastor Rodrigo Ángel vive su vida haciéndola contar en la vida de otros. En este libro se enseñan principios y parábolas de la vida de un hombre, sus experiencias y la mano poderosa de Dios en cada una de ellas, hay un principio que enseña qué hay diferentes estaciones en la vida del hombre de Dios, pero un solo propósito en ella ¡¡¡En este libro leerás las estaciones de este hermoso hombre de Dios y cómo el Padre guió su propósito en medio de lo que le tocó vivir!!! El mensaje magistral del Espíritu Santo para tu vida al leer este libro será: "Dios tu padre está detrás de cada cosa que te toca vivir, si tan solo puedes interpretarlo en lo que te toca.... verás el sueño de Dios cumplirse en tu vida.

APÓSTOL HERMAN DÁVILA

"El leer el libro hace que uno quiera saber, buscar, conocer y servir a ese Dios vivo, que es bueno y bueno en gran manera que hace cosas imposibles posibles."

RONALD FABIAN OLIVO

"El libro "Regalo de vivir" nos muestra las facetas que una persona, una familia puede vivir, pero nos indica más lo que Dios quiere que vivamos y el porqué de ello. Esta obra literaria me ayudo a entender y aprender de como la vida es un verdadero regalo."

DENIS OROZCO

"Pude reír, llorar y sobre todo aprender mientras leía cada página tan llena de sabiduría, sencillez y transparencia. Dios en cada etapa, estación y tiempo de nuestra existencia ha estado presente aun cuando más lejos lo hemos sentido. Personalmente recomiendo la lectura de esta joya. Estoy segura de que al terminar, sus vidas serán enriquecidas y verán su "caminar" desde otra y mejor perspectiva."

ANETTE ORTET

"Cada circunstancia que describes en el libro me hizo reflexionar en que todos como hijos escogidos de Dios somos tratados en las mismas áreas sin importar que circunstancias escoja Dios o cual sea su propósito en nosotros."
ANGELA MARIA GONZALEZ

"El Regalo de Vivir es mucho más que un libro. Es un relato honesto, genuino y único, acompañado de humor, pero a la misma vez de mucha revelación. Es una recopilación de experiencias vividas, llenas de sabiduría, que debe ser leída por todos. Te hará reír, te hará llorar, te hará meditar, pero también te llevará a tener un cambio de mente. Al navegar sus páginas encontrarás consejos prácticos, principios de vida, y verdades eternas basadas en la Palabra de Dios."
LIZ FIGUEROA

"El regalo de vivir es un libro práctico y poderoso, donde el autor recopila hechos de una vida como la suya o como la mía con una narrativa muy agradable, sencilla, sincera y muy real, que confirma una vez más, que cada uno tenemos una historia que contar y que si miramos atrás definitivamente tenemos que darle Gloria a nuestro Padre Celestial."
LORENA PARRA

""El Regalo de Vivir" es un libro lleno de sabiduría y experiencias que edificará a sus lectores. En el mismo, Pastor Rodrigo entrelaza de una manera extraordinaria anécdotas y testimonios de su vida con una enseñanza práctica de verdades bíblicas y demostración de la intervención de Dios en cada etapa y circunstancia de nuestro vivir."
ISRAEL ORTET

"En mi experiencia como lector puedo afirmar sin duda alguna que este libro le dará una dirección y guía para entender el amor y el cuidado de nuestro Padre. De brillante sencillez y en un lenguaje jocoso y muy colombiano el pastor Rodrigo nos cuenta la historia de su existencia, regalándonos principios y llaves que nos invitan a creer y ser transformados por la palabra de Dios."
CESAR PARRA

"En este libro podemos reconocer a Dios como el dador de la vida y absoluto dueño de nuestra existencia de una manera vivida y extraordinariamente enriquecida con hechos reales."
JACKELINE MAYA

"Cuando empiezas a leerlo, te cautiva y no puedes detenerte, porque quieres saber cómo termina la historia. Durante el viaje de mi lectura, muchas veces lloré, otras veces reí, y otras veces reflexioné. Decidí comprar nueve (9) libros, para enviárselos de regalo a mis nueve hermanos que están en otro país, porque sé que les será de mucha bendición, como lo ha sido para mí. Bendigo al Pastor Rodrigo por haber completado este hermoso proyecto, luego de seis años siendo gestado en su vientre. ¡Su ministerio es de gran inspiración para mí y para mi familia…!"
LICETTE LENDEBORG

CONTENIDO

PRÓLOGO

Lo que comúnmente llamamos vida no es otra cosa que el comienzo y el final de una existencia. Los seres humanos tenemos el privilegio de vivir una experiencia única, extraordinaria y maravillosa a la que llamamos la vida, pero en realidad es solo la existencia.

Nuestra aparición en este planeta está marcada por el momento de nuestro nacimiento, y nuestra salida de este también estará marcada por el momento de nuestro deceso.

Entonces podemos decir que lo que llamamos vida en realidad es nuestro tránsito por este planeta; nuestro tránsito por éste está marcado por el comienzo y el fin de una existencia.

La muerte no es otra cosa que el fin de la existencia, pero con la muerte de una persona no termina la vida, más bien la muerte da el inicio de ella y de nuestro conocimiento, intimidad y comunión con Dios, dependerá si esa vida la viviremos en su presencia, o separados de él.

Con certeza puedo decir que la verdadera vida no se experimenta en la Tierra, puesto que aquí en la Tierra no vivimos; sólo existimos momentáneamente.

La vida es una persona, la vida es Cristo, en Él está la vida, y la vida es la luz de los hombres, de Él sale la vida; en Él somos, en Él estamos, en Él nos movemos, a Él le pertenecemos y es Él, quien nos permite vivir.

Cristo Jesús mismo en el evangelio de San Juan 14:6 RV1960 dijo que Él es la vida: *"Yo soy el camino, y la verdad, y la vida; nadie viene al Padre, sino por mí."*

La verdadera vida es entonces vivida después de nuestro tránsito por nuestra existencia; el término de nuestra existencia es lo que da inicio a la verdadera vida. La vida eterna.

La vida en la Tierra es temporal, la vida con Dios será definitiva y eterna.

Nosotros los seres humanos existimos, porque dependemos
de Dios para poder vivir, nosotros vivimos porque Él vive.

Por esta razón es que puedo decir que Dios no existe. Tranquilo, no estoy diciendo que Dios no es real, sólo estoy diciendo
que Dios no existe. Usted y yo existimos porque dependemos de
Él para poder existir. Dios no existe porque Él no depende de
nada, ni de nadie para poder existir. Sencillamente Dios "ES", Él
es la vida y es la esencia de la vida de todo ser viviente. De Dios
emana la vida, porque Él es la vida, esto hace que Dios sea más
real, que el aire que ahora mismo usted y yo respiramos.

Dios no existe porque Dios "ES", el nombre de Dios no es
"yo existo", es *"Yo Soy"*.

La Biblia lo muestra como *"El Gran Yo Soy"*.

Cuando Dios envió a Moisés a enfrentar a Faraón rey de Egipto no le dijo, dile a Faraón que yo existo te envía. No, Dios le dijo: *"dile a faraón que Yo Soy te envía."*

En el *Yo Soy* no sólo está enmarcado el nombre de Dios, también está latente su Omnipresencia en un eterno presente: *Yo Soy*
en el ayer, *Yo Soy* en el hoy y *Yo Soy* en el mañana.

Yo Soy en tu pasado, *Yo Soy* en tu presente, *Yo Soy* en tu futuro.
Dios es.

Dios no tiene vida; Él es la vida, y no depende de nada ni de
nadie para poder vivir. De Dios emana la vida. Él vive.

Usted y yo dependemos de Dios, del aire, del agua, de la tierra,
de los animales, de las plantas y aun de otros seres humanos para
poder existir, pero Dios no depende de nada de esto, porque Dios
es la vida, y la vida de Dios sostiene todo lo creado.

Usted y yo sin Dios no somos nada, pero Dios sin usted y sin
mí sigue siendo Dios.

El ser humano ha sido diseñado para depender de Dios, y para
que la vida de Dios se manifieste en el hombre.

Cuando hayamos salido de este cuerpo, y estemos en la presencia de Dios, podremos vivir la vida en toda su plenitud. Por ahora esmerémonos por vivir de la mejor manera y disfrutemos al máximo de la existencia, ya que tenemos este enorme privilegio, al que llamo el regalo de vivir.

DEDICATORIA

Dedico este libro a mi amado Dios, al autor de la vida, y quien me ha dado el privilegio y el regalo de vivir. A lo largo de este libro usted podrá ver como he podido vivir momentos y experiencias en las que sin duda alguna la mano de Dios se ha posado sobre mí para hacerme bien, y también podrá ver como Él guardó, dirigió, señaló, sostuvo y hasta orquestó muchas de mis experiencias vividas.

También dedico este libro a mi amada esposa, Elvia Lucia; con quien he podido compartir este regalo de vivir por casi cuatro décadas; ella ha sido un regalo de Dios para mi vida, su amor, amistad, compañía, enorme paciencia y valiosa e incomparable fidelidad han sido cruciales en mi existencia y la han enriquecido grandemente,

A mi hijo Andrés Julián, a su esposa Diana, a mis tres nietos Juandavid, Miguel y Jonathan.

A mi hija Lina María, a su esposo Claudio y a su precioso bebé que, en forma de semillita crece en el vientre de su madre y al que con mucho amor esperamos su manifestación. Y a mi hija Carolina, a su esposo Julio, y a mi bella nieta Alannah quien hace apenas unos meses hizo su aparición en esta existencia. Todos ellos quienes también han hecho parte de mi existencia, le han sumado y han hecho que haya valido la pena vivirla.

A mi familia; a mis padres que me gustaría que estuvieran en esta existencia, a mis hermanos y hermanas de quienes aprendí el amor, el cuidado y el ser parte de una familia. A todas las personas que Dios puso en mi camino y de las cuales también he aprendido que cada persona es una extensión de Dios, que aun en aquellas experiencias vividas, y que no fueron tan buenas, la mano de Dios estuvo para enseñarnos alguna lección y para que enfrentáramos la vida con mayor determinación, con mayor sabiduría y con mucha gratitud en nuestros corazones.

EL REGALO DE VIVIR

El poder vivir no es una elección que nosotros podemos hacer, tampoco es una elección de nuestros padres, creo que el poder decidir el dar, o no dar la vida, no es potestad del ser humano, es más bien un privilegio que hace parte de un propósito. Este propósito está muy por encima de nuestros propios deseos o intereses; la vida entonces es un regalo de Dios. Lo reafirmo una vez más, Dios es el autor de la vida.

Dios es la vida, Dios no tiene vida; Él es la vida y nos imparte su vida dándonos la vida.

Desafortunadamente para muchos seres humanos el poder vivir es sólo el resultado de una lotería, o de un capricho del destino, y así mismo viven en esta vida, sin propósito, sin saber de dónde vienen ni para dónde van, lo peor de todo es que no le encuentran sentido alguno a la existencia, lo cual los lleva a vivir vidas miserables, pero si tan sólo recibieran la vida como lo que es, como un regalo, se sentirían privilegiados de ser los depositarios de tan precioso don, la valorarían y se esmerarían en vivirla plenamente, y sin lugar a dudas sacarían el mejor provecho de cada minuto y de cada segundo que puedan vivir, pues al fin y al cabo el vivir, así sea un minuto o un segundo, no depende de nosotros, sino de aquél que depositó en nosotros tan preciado regalo.

La palabra de Dios en el Salmo 139 RVR1960, en el verso 13, deja bien claro este concepto, y hablando de Dios nuestro Padre celestial dice así:

"Porque tú formaste mis entrañas; tú me hiciste en el vientre de mi madre". Y en los versos 15 y 16 sigue diciendo: *"No fue encubierto de ti mi cuerpo, Bien que en oculto fui formado, y entretejido en lo más profundo de*

la tierra. Mi embrión vieron tus ojos, y en tu libro estaban escritas todas aquellas cosas que fueron luego formadas, sin faltar una de ellas".

No hemos llegado a existir por azar, por suerte, por alguna circunstancia, o porque simplemente un día nuestros padres se unieron y, ¡zas! Luego aparecimos nosotros.

Antes de mi aparición en esta vida a través de la concepción en el cuerpo de una mujer y el posterior nacimiento, tal y como lo hacemos todos los que tenemos la bendición de poder poblar esta Tierra, ya habían llegado todos mis hermanos y hermanas. Vale aclarar que yo soy el último de los Ángel, lo que quiero decir es que mi papá y mi mamá ya habían tenido numerosos encuentros íntimos, en donde sus cuerpos se envolvieron para hacerse uno solo, y todo esto antes de que yo naciera; pero *"yo no nacía",* y otros muchos más, y *"yo no nacía"* y *"yo no nacía".*

Hasta que Dios decidió que, en un año, en un mes, en un día, y en una hora señalada, todos los elementos se alinearan para el cumplimiento de un propósito eterno, porque Él había determinado que, en ese mismo año, mes, y hora, naciera otro varón en la familia Ángel; y entonces llegué yo, y así fue como empecé a ser parte activa de la existencia.

He tratado de imaginar el momento en el que miles y miles de espermatozoides fueron despedidos del cuerpo de mi papá, espermatozoides que fueron expulsados como consecuencia de una violenta explosión-eyaculación que ocurrió dentro de las entrañas de mi madre, justo en el canal de la vida, en la antesala a la concepción y al nacimiento. En aquel canal se desató una frenética carrera de espermatozoides, los cuales se desplazaban a una velocidad vertiginosa con el ánimo de ver quién llegaría primero a tener contacto con el óvulo que mi madre había depositado en su útero; que estaba fertilizado y listo para ser fecundado. Ésta era una carrera de vida o muerte.

De vida para aquel que lograría llegar primero, pero de muerte para aquellos que se quedarían fuera.

Si tenemos en cuenta que un hombre normalmente puede eyacular entre 1.5 y 5 mililitros de líquido seminal y que cada mililitro puede contener en promedio 100 millones de espermatozoides, entonces estamos hablando de hasta 500 millones de espermatozoides vivitos, coleando y desplazándose a una velocidad tal, que si los comparáramos con un carro equivaldría correr a más de 80 kilómetros por hora, esta entonces sería la velocidad a la que un espermatozoide se desplazaría por el canal vaginal.

Si usted también usa la imaginación, verá que aquella debe ser una carrera alocada y desenfrenada por ver quién llega primero, como lo dije antes es una carrera de vida o muerte, porque sólo uno de ellos, en la mayoría de los casos logra llegar y fecundar el óvulo. De modo que, como pueden ver yo llegué primero, yo gané esa carrera, derroté a los demás y me coroné como un triunfador, así fue como llegué a esta vida y a ser parte de esta existencia.

Lo más emocionante es saber que cada uno de nosotros salió vencedor en cada una de nuestras respectivas carreras en las que participamos por la vida, como puede ver usted que está leyendo ahora mismo este libro también es un vencedor. Usted también llegó a esta vida como un triunfador.

Lo triste es que, por las diferentes circunstancias por las que hemos podido pasar o vivir; las creencias, las tradiciones, la raza, la cultura, la nacionalidad, la educación, e incluso la familia de la que hacemos parte, llegó a influenciar en gran manera el desarrollo de nuestras vidas, tanto positiva como negativamente y muchos de nosotros después de haber llegado como triunfadores, y vencedores; terminamos viviendo como derrotados, sin valorar la vida y sin valorarnos a nosotros mismos. Vivimos sin propósito y sin visión, pero lo peor de todo es que en aquellos individuos que no tienen una relación viva con el Creador, una intimidad, una comunión, una amistad con Él, la situación es mucho peor y sus vidas ahora son aún más miserables y desgraciadas, pues llegan a vivir en esta vida no solamente sin Dios, sino que también lo hacen sin fe y sin esperanza, y sin motivos reales para vivir.

Es mi personal convicción que la vida no vale la pena ser vivida si Dios quién es la vida no está en ella. En otras palabras, "¿para qué quiero la vida si la esencia de la vida, que es Dios no hace parte de mi vida?" o "¿para qué quiero la vida si Dios quien es la vida no está en mí?".

Como dije antes, la vida es un regalo de Dios y como tal debemos recibirla, disfrutarla, cuidarla y valorarla, debemos vivir la vida a plenitud y con determinación.

Debemos determinarnos a vivir la vida de tal manera que cuando lleguemos a la edad de las canas, la de los años con mayor juventud acumulada, la de mayor sabiduría, entonces tengamos satisfacción y contentamiento en ella.

La determinación es: intrepidez, osadía, fijación, voluntad, decisión, especificación, valor, análisis, delimitación, señalamiento, arrojo, valentía, denuedo, atrevimiento.

La determinación es lo que hará posible que salgamos del pasado y que seamos libres del dolor, de la tristeza, del rechazo, del abandono, de la depresión, del resentimiento, de la soledad y de la falta de perdón, cosas que como bien sabemos nos llevarán a vivir toda una vida en derrota y frustración, e indudablemente no nos permitirán valorar el regalo de vivir.

La palabra de Dios nos dice en Isaías 43:18 RVR1960
"No os acordéis de las cosas pasadas, ni traigáis a memoria las cosas antiguas"

Esto es una verdad que nos invita a sacudirnos el pasado con todas sus malas experiencias, ya que en el futuro que Dios tiene listo y preparado para nosotros no habrá lugar para nuestro pasado.

La determinación entonces nos hará conscientes de nuestro presente y nos proyectará hacia nuestro futuro, pero para que esto se haga una verdad, debemos dejar ir al pasado con todas sus heridas, resentimientos, dolores, penalidades, frustraciones y debilidades.

La determinación nos hará avanzar hacia adelante y aniquilará todos los fantasmas del pasado. La determinación hará que el orden sea implantado en nuestras vidas.

No podemos enfrentar situaciones extremas que requieran madurez y determinación con actitudes infantiles y con una mentalidad inmadura, porque si de adultos nuestra comprensión es infantil y el análisis de nuestros pensamientos será inmaduro, esto hará que lleguemos a conclusiones infantiles e inmaduras que más tarde nos llevarán a tomar decisiones inmaduras y por ende incorrectas.

No cabe duda de que estamos viviendo en los tiempos que la palabra de Dios describe como tiempos peligrosos. 2ª Timoteo 3: 1-5 RVR1960 dice de la siguiente manera: *"También debes saber esto: que en los postreros días vendrán tiempos peligrosos. Porque habrá hombres amadores de sí mismos, avaros, vanagloriosos, soberbios, blasfemos, desobedientes a los padres, ingratos, impíos, sin afecto natural, implacables, calumniadores, intemperantes, crueles, aborrecedores de lo bueno, traidores, impetuosos, infatuados, amadores de los deleites más que de Dios, que tendrán apariencia de piedad, pero negarán la eficacia de ella; a éstos evita"*

Dios está buscando hombres y mujeres que en estos tiempos le den la seguridad de su amor, entrega y compromiso, además de que sólo aquellos que estén determinados, dispuestos, disponibles, y disciplinados podrán ser usados a plenitud por Él.

Para enfrentar los tiempos peligrosos se requiere de hombres que entiendan que retroceder no está considerado para aquellos que están diseñados sólo para avanzar, que la rendición no es una opción y que la victoria no es negociable.

Hombres dispuestos: son aquellos que están listos para ser usados y que quieren hacer las cosas con ganas, con una buena disposición y una buena actitud.

Hombres disponibles: son aquellos que están a la espera de ser enviados, que se encuentran ocupados, pero al mismo tiempo vacantes para servir a Dios y que están deseosos de alcanzar el propósito para el cual fueron creados.

Hombres disciplinados; son aquellos que respetan el orden y la disciplina con todas sus normas y regulaciones. Son hombres obedientes y sumisos delante de Dios; que tienen carácter, pero a la vez tienen dominio propio; son mansos y humildes hacia el Reino de la luz, pero también son fieros leones en contra del reino de las tinieblas.

Hombres determinados son aquellos que están por encima del peligro, hombres valientes, osados y atrevidos que no están dispuestos a negociar con este mundo ni su integridad espiritual, ni su integridad moral, ni su integridad física.

Éstas son tres áreas muy importantes en el ser humano y con las cuales debemos servir a Dios. Esto es lo que comúnmente llamamos el espíritu, el alma y el cuerpo.

En el área del espíritu se encuentran la comunión, la intuición y la conciencia.

La comunión es el medio a través del cual nos podemos comunicar con Dios; y nos permite tener una relación íntima con él; la intuición es el testimonio interior, y la conciencia es lo que nos permite distinguir entre el bien y el mal.

En el alma se encuentran las emociones, los sentimientos, la voluntad, la capacidad cognoscitiva y de razonar que tiene el ser humano.

El área física es nuestro cuerpo y en él encontramos todos nuestros órganos y tejidos.

Dios está muy interesado en estas tres aéreas del ser humano de una forma integral, como dice la palabra de Dios, en 1ª a los Tesalonicenses en 5:23 RVR1960

"Y el mismo Dios de paz os santifique por completo; y todo vuestro ser, espíritu, alma y cuerpo, sea guardado irreprensible para la venida de nuestro Señor Jesucristo".

En estas tres aéreas Dios nos bendice y desea que prosperemos, pero es también en estas tres aéreas donde el enemigo de nuestras almas nos quiere dañar y maldecir.

Muchos de nosotros vivimos con sentimientos y emociones heridas, atados a un pasado, viviendo en la cárcel del rechazo del abandono, sufriendo por una traición, o siendo víctimas de vicios o aberraciones mentales y sexuales que atormentan nuestra vida.

Esta es la razón por la cual Dios está tan interesado en nosotros, ya que Él quiere llenar nuestras vidas con su paz, seguridad y confianza, con su amor y bondad, y sanar todas las heridas que se nos han hecho en el pasado, para así llevarnos a experimentar una vida mucho más plena y abundante, y todo esto sólo puede ser hecho en nosotros, cuando entregamos nuestra vida y corazón a Dios, y recibimos al Señor Jesucristo como nuestro único y verdadero Dios, y como nuestro único y suficiente Salvador.

Cuando damos este paso tan importante en nuestras vidas, entonces el Espíritu Santo viene a morar en nuestro espíritu, desde allí impacta nuestra alma trayendo sanidad, libertad, restauración, transformación y cambio; de esta manera podemos entonces servir a Dios con las emociones y los sentimientos completamente sanos, y dispuestos a rendir nuestra mente y voluntad a Él; y finalmente nuestro cuerpo recibe los beneficios. Nuestro cuerpo es el templo del Espíritu Santo, y cuando en nosotros habita la vida y la esencia de Cristo, nuestro cuerpo se muestra rejuvenecido, saludable y lleno de vigor.

Un hombre determinado, como también podemos ver es uno que su lealtad, su fidelidad, su honestidad y su hombría tampoco están sobre la mesa de negociaciones.

Un hombre determinado no es uno que divaga entre dos pensamientos, no es uno que dice "quizás sí" o "quizás no", tampoco es uno que dice "déjame pensarlo", "podría ser", "tal vez", "quién sabe" o "algún día".

Un hombre determinado es aquel que su "sí" es "sí", y su "no" es "no".

Si tú eres un hombre o una mujer de esta clase, Dios estará

muy complacido de que seas parte de su ejército, porque cuando tú le dices "sí" a Dios, Él se lo toma en serio.

Sé un determinado, a un determinado las circunstancias no podrán detenerlo y el enemigo de nuestras almas tendrá temor de enfrentarlo.

Disfruta entonces de tu presente, pero estando preparado para enfrentar el futuro.

El pasado no existe, el futuro sólo Dios lo conoce y está en sus manos; el presente es un regalo, por eso se llama presente. Nuevamente te lo digo suelta el pasado vive en el presente, y proyéctate hacia el futuro, y si vas a mirar el pasado sólo míralo para no cometer los mismos errores que cometiste en él.

Finalmente, si el pasado no existe, sería un absurdo vivir en él.

Si usted es una persona que tiene la tendencia a vivir en el pasado, a vivir recordando lo que le hicieron, a constantemente estar rumiando cada evento en el que le dañaron, y que trastornó su vida, lleno de resentimiento, de dolor de tristeza y de amargura; amargándose su propia vida y amargando la vida de los demás; mi recomendación para usted es que salga de él.

Dios mismo seguramente le diría en este preciso momento: Pasa la hoja, ya no tiene sentido que sigas escribiendo en una página que ya se llenó, porque te obligaría a escribir en sus márgenes, pasa la página, cierra el capítulo y juntos tú y yo escribiremos un nuevo capítulo, mejor y más glorioso.

Si eres consciente de que el pasado no existe, entonces lamentablemente tendrás que reconocer, que cargar con un pasado para el cual no hay lugar en el futuro, terminará por ser una gran carga y una gran pérdida de tiempo.

Suelta el pasado, no cargues más con él, este es el momento de ser libre de los fantasmas del pasado, vive tú ahora, disfruta de tu hoy, y recibe tu futuro como lo mejor de Dios para ti.

Recuerda que siempre habrá para ti un nuevo comienzo, una nueva etapa, una nueva estación, una nueva temporada.

Dios es un Dios de cambios y de transformaciones.

Toda nuestra existencia está regida por procesos, cambios y transformaciones. Nada en esta vida es eterno, es sólo temporal, y tarde o temprano verás la luz al final del túnel.

Antes de cada gran amanecer siempre hay oscuridad. Y las circunstancias o situaciones que estás viviendo en este momento, son sólo temporales, bien podría ser que estás viviendo no en el final de tu vida, sino el comienzo de ella.

Así que determínate a vivir tu vida, a sacar lo mejor de ella, a vivir un nuevo comienzo.

La vida todavía es joven, y aún te quedan muchos años por vivir.

Si manejas un carro notarás que tiene un enorme parabrisas que es un vidrio panorámico enfrente del volante, y que también tiene un espejo pequeño, al que se le llama espejo retrovisor.

Por el vidrio panorámico o parabrisas puedes ver todo lo que tienes por delante y a través del cual puedes apreciar todo lo que viene hacia ti y también te permite ver hacia dónde vas. El parabrisas es más grande, porque es más importante.

Por el espejo retrovisor sólo puedes ver lo que se quedó atrás; este espejo debe ser mirado únicamente en momentos de cuidado y de precaución.

Este espejo es un buen amigo si lo miras sólo para no cometer errores, o para no cometer los mismos errores que ya cometiste; pero ten cuidado porque este espejo también puede ser tu peor enemigo si manejas tu carro con tu vista puesta en él, si lo haces, muy seguramente tendrás un accidente del cual te vas a lamentar.

El pasado en nuestras vidas sólo debe ser mirado para aprender de él, no para cargar con él.

Ya no lloremos más sobre la leche derramada.

Un proverbio árabe, de quién no conozco el autor dice: "yo me quejaba de no tener zapatos hasta que conocí a uno que no tenía pies"

Nuestra condición en la que nos encontramos es relativa. Siempre verás que no importa cómo te encuentres, siempre habrá personas por encima de ti y personas por debajo de ti. Vivamos este día como si fuera el último.

Alguien dijo: "hay que estar preparados para vivir cien años y listos para irnos ya".

Nuestro Dios es un Dios determinado, aprendamos de Él.

Miremos lo que nos dice Isaías 14: 24-27 RVR1960

"Jehová de los ejércitos juró diciendo: Ciertamente se hará de la manera que lo he pensado, y será confirmado como lo he determinado; que quebrantaré al asirio (al enemigo) en mi tierra, y en mis montes lo hollaré; y su yugo será apartado de ellos, y su carga será quitada de su hombro. Este es el consejo que está acordado sobre toda la tierra, y ésta es la mano que está extendida sobre todas las naciones. Porque Jehová de los ejércitos lo ha determinado, ¿y quién lo impedirá? Y su mano extendida, ¿quién la hará retroceder?"

La vida es una bendición que Dios nos da, la vida emana de Él, fluye desde el corazón de Dios hacia nuestro corazón; recordemos que Dios no tiene vida, Él es la vida.

MI PROCEDENCIA

Los meses del embarazo de mi madre habían pasado, los días llegaban a su término y anunciaban el cumplimiento de un tiempo que ya había sido señalado y que en la agenda de un propósito eterno estaba predeterminado con mucha anterioridad.

Todo estaba preparado, en aquellas lejanas montañas de quebrada topografía cubiertas de una exuberante y verde vegetación, vivía una familia que ya hacía algún tiempo se habían mudado para esta apartada región de mi país. Un día en las horas de la tarde, después de la jornada de trabajo y cuando se daba término a los quehaceres propios de la vida en el campo y más específicamente de las arduas labores que demanda la vida en las montañas; la cual involucra activamente el cultivo de la tierra y la cría de animales, además de la cría de los hijos, con un énfasis mayor cuando se cuenta con una familia numerosa.

Aquella tarde en particular, ya cansados de las labores del día, esta familia debía sacar fuerzas extras para enfrentar lo que estaba a punto de suceder.

Una mujer estaba llegando al final de su embarazo, el cual supongo no fue el más esperado, o el más deseado, como quiera que fuere aquel día; sería un día de parto, y creo que mi llegada tampoco sería la más anhelada, ya que, a sus cuarenta y dos años, esta mujer se alistaba para dar a luz y para criar a su hijo número veintidós.

Aquel memorable día, correspondió a un martes 8 de julio, del año 1958.

Dice mi mamá que eran las 6:00 de la tarde, y que a esa misma hora habría nacido un hermoso niño al que le pusieron por nombre Rodrigo Antonio.

Asumo que todo bebé desea que lo peguen al pecho de la madre, pero según mi mamá, no fue ella la que me amamantó, pues paralelo al parto de mi madre, en aquella finca ocurrió el parto de una de las vacas que allí se tenían para la producción de leche y obviamente para la reproducción de ganado, y no sé la suerte que corrió aquel ternero, pero lo que sí sé, es que a mí me dieron toda la leche que produjo su madre, bien dicen por ahí que: *"los vivos viven de los bobos"* o *"nadie sabe para quién trabaja"*.

Así fue como llegué a ser parte de esta existencia.

Quiero anotar que antes que mi papá se casara con mi madre, ya había sido casado, pero su primera esposa falleció poco después de dar a luz a una niña. Así que de este primer matrimonio mi papá tuvo una hija, su nombre era Maruja, quién sería mi media hermana, y a quién vine a conocer cuando yo tenía alrededor de unos diez años, de ella nunca se me dijo nada, pero una tarde llegó una señora a mi casa y me la presentaron como mi hermana, pero yo no la identifiqué como tal, y dije que ella no era hermana mía, ya que para mí ella era como una desconocida, y obviamente yo no iba a asimilarla como a una hermana en tan sólo un momento. La verdad es que me habría gustado haber sabido de ella con anterioridad y haberla apreciado como mi hermana, aunque puedo decir que, si aprendí a verla como a un familiar cercano, únicamente la pude apreciar cómo se le aprecia a una prima; ella vivía con su esposo e hijos en otra población y ocasionalmente la veíamos cuando nos visitaba o cuando la visitábamos, y esto era muy de vez en cuando.

Pienso que estas son verdades que se deben sacar a la luz, de haber sido así, creo que hubiese crecido con el conocimiento de que tenía una media hermana a la cual habría aprendido a amar a la distancia y con la expectativa de poder conocerla algún día, pero ya es tarde para volver atrás y no podemos como ya lo mencioné antes, llorar sobre la leche derramada.

Nací pues en Colombia, en un pequeño pueblo del sur occidente del departamento de Antioquia, llamado Nariño.

¡NARIÑO! Y... ¿DONDE QUEDA NARIÑO?

Nariño es un pequeño caserío colombiano enclavado en las montañas del departamento Antioquia, este departamento es bastante extenso, cuenta con 125 municipios, su topografía es muy bella, variada y montañosa, sus paisajes son inolvidables, matizados de un verde esplendoroso y una variedad de clima maravilloso que lo hace único. Su cocina es una de las mejores; quien quiera que sea que visite esta tierra, terminará por enamorarse de ella y de sus gentes hospitalarias, amables, sencillas y amistosas; con toda seguridad que te darán a probar un buen pedazo de la familiaridad y de la hospitalidad paisa, tan característica de esta bella región.

Mi familia no tuvo el privilegio de vivir en el pueblo, así que vivíamos en una de las montañas que rodean esta población; en una finca cuyo nombre no es muy grato mencionar, por las circunstancias que afectaron a mi país en los años de narcotráfico, sangre y violencia, el nombre de la finca era "la Coca", y no era que mi familia cultivara coca, o al menos así espero; según entiendo eran agricultores y productores de café y ganado en menor escala; el nombre era sólo eso, un nombre sin mucho sentido, aunque vale la pena aclarar que en Colombia a las vasijas pequeñas de plástico se les conoce con el nombre de "cocas", muy posiblemente el nombre de esta finca estaba relacionado con el de estas vasijas, quizás la finca no era muy grande, o tenía forma de "coca".

No recuerdo nada de esta finca, ni de este pintoresco pueblito; prácticamente lo vine a conocer cuando en mis años de juventud, por ahí por los 18 años, tuve que viajar hasta esta población desde la ciudad de Medellín.

Fueron 143 interminables kilómetros, el motivo del viaje fue por la necesidad de obtener mi partida de bautismo y mi certificado de nacimiento, así que una vez hecha la diligencia me fui para nunca más volver.

¡Ese pueblo está tan lejos que vuelve más fácil un perro a dónde le dieron con un bate!

En aquella ocasión, hice el recorrido en una motocicleta, siempre he sido un enamorado de estos versátiles vehículos y cuando emprendí el viaje no tenía ni idea para dónde iba, ya que no conocía la población de Nariño, y aquella era la primera vez que transitaba por esta región del sureste de Antioquia.

El viaje fue muy placentero hasta una población que se llama La Fe, después de allí el tramo de carretera era destapado - sin pavimento - y el transitar por allí se hizo más difícil, así que el polvo y el cansancio se fueron incrementando a medida que se avanzaba por este terreno, después de un largo tiempo llegué a un pueblo bastante grande llamado Sonsón; de inmediato pregunté a uno de sus habitantes:

Señor, ¿cuánto me falta para llegar a Nariño?

La respuesta fue muy alentadora:

¡No hombre, todavía le falta mucho!

Fue en ese momento en el que empecé a preguntarme:

"¿Dónde quedaría aquel pueblo y qué diantres vino mi papá a buscar a tan apartada región?".

Continué mi viaje y como unos treinta minutos después, noté que la carretera bordeaba una gran montaña que estaba atestada de curvas peligrosas, con hermosos precipicios que invitaban a caerse justo en el lecho de un río que apenas si se podía ver al fondo del abismo; llegaba a cada curva con la esperanza de poder ver el pueblo, pero lo que encontraba era otro tramo de carretera que se perdía entre la montaña, con más curvas y más precipicios; así que me detuve por un momento y le pregunté a un campesino que tenía su casa justo al lado de la vía:

Amigo, ¿cuánto me falta para llegar a Nariño?

La respuesta fue tan esperanzadora como la anterior:

"Ahí a la vueltica está mijito".

¡Pero nada! Seguí avanzando hasta que al fin justo después de la última curva tuve que pararme en el freno de mi motocicleta, pues me encontraba en el mismo parque del pueblo, mejor dicho, del pueblecito, pues era tan pequeño que si hubiese ido un poco más rápido seguramente lo habría pasado de largo, aquel pueblo tenía como seis cuadras de largo por tres de ancho, o al menos así me pareció que era.

Ya en el pueblo uno de los ancianos del lugar después de que yo le interrogara si sabía dónde quedaba la finca "la coca", me señaló con su mano, apuntando hacia una de las montañas más lejanas, me pareció tan retirada que pensé que eso estaba tan lejos que ni el diablo iba por esos lugares.

Recogí mis documentos y regresé a mi ciudad de origen... y nunca más regresé.

LA HISTORIA DE MI PADRE

Mi papá se llamaba Antonio José Ángel, era un hombre de negocios, seguramente la razón por la que vivíamos en Nariño fue por la adquisición de una tierrita, "la coca",
en los predios de este municipio.

Mi padre obtuvo buenas ganancias económicas y para el año 1958 viajó a la ciudad de Medellín, donde producto de los negocios que hizo le entregaron $80,000 pesos colombianos. Hoy en día no es mucho dinero; pero en aquel tiempo lo era, ya que el peso colombiano por aquella época estaba a la par del dólar, es decir se daba un peso por un dólar y fácilmente se podía comprar un camión de mediano tamaño por solo $3,500 pesos; o un Volkswagen escarabajo modelo 1951, nuevo de paquete por $1,200 pesos.

Este dinero que mi viejo recibió, representaba todos sus ahorros y en él también estaba representado todo lo que poseía económicamente hablando, sin contar a una esposa y nueve hijos; el muy travieso había engendrado con mi mamá veintidós hijos, de los cuales sólo le quedaban nueve, los otros fueron menos afortunados y murieron por diversas razones, la causa más frecuente fue por enfermedad y ante la imposibilidad de alcanzar un centro médico pues fallecían, ya que el lugar en donde se encontraban estaba bastante apartado, estaba lejos de toda parte y cerca de ningún lugar.

Estando mi papá en Medellín con esa cantidad de dinero, ya se disponía a viajar a Nariño, y no sabemos que pasó, pero el taxista le robó todo el dinero.

Parece ser que mi papá en su inocencia campesina y la alegría del buen negocio que había hecho, le contó sobre el asunto al conductor del taxi y este ni corto, ni perezoso fingió que el carro se le había descompuesto, se bajó del vehículo lo revisó, miró el motor, y le pidió a mi viejo que lo empujara, y una vez que el carro arrancó, se alejó raudo y veloz, dejando a mi papá viendo el polvero, abandonado en la vía y sin el dinero.

El viejo llegó a casa frustrado, en banca rota, ante la realidad de haberlo perdido todo, y en medio de una profunda depresión y tristeza. Esta situación lo obligó a tomar la decisión de mudarse.

Mis padres se mudaron de allí, cuando cumplí mis once meses de vida, para otro pueblo, en las montañas del departamento de Risaralda, a una hora y media de la ciudad de Pereira, este municipio se llama Santuario.

NUESTRA LLEGADA A SANTUARIO

Llegamos a Santuario porque alguien le dijo a mi papá que allí vivía un familiar en quién podría apoyarse y muy seguramente él le prestaría ayuda, pero al llegar a Santuario se dio cuenta que dicho familiar ya no vivía en esta población, así que papá (Antonio), mamá (Julia), nueve hijos (Guillermo, Horacio, Carlos, Martín, Samuel, Margarita, Helena, Amparo y Rodrigo), más sus pertenencias o mudanza; terminaron en el parque del pueblo esperando a ver quién les podría dar una mano.

Finalmente, un señor nos prestó un cuarto en su casa. Poco tiempo después rentamos una pequeña casa y nos fuimos abriendo camino. Mis hermanos mayores empezaron a trabajar y hacerse un lugar en esta nueva población.

Mi hermano Horacio aprendió sastrería y tiempo después compró un pequeño montaje de panadería, la cual con el tiempo y la ayuda de mi familia creció y fue muy famosa en la población, se llamaba "Panadería la espiga de oro" mi hermano Guillermo se convirtió en un transportador, Carlos en repartidor de pan, posteriormente en relojero, Martín fabricaba soleritas, una riquísimas golosinas que se hacían con harina en forma de estrella y se cubrían con una deliciosa natilla parecida al flan de vainilla, luego terminó siendo relojero, oficio que le enseñó mi hermano Carlos. Mis hermanas ayudaban con los quehaceres de la casa y la venta de panes.

Poco a poco mi familia fue posicionándose hasta llegar a ser una de las familias más queridas y reconocidas de Santuario.

MI PAPÁ UN MÉDICO DE RACAMANDACA

Racamandaca es una palabra que en algunas regiones de Colombia y especialmente en la región paisa que incluye la zona cafetera y Antioquia se usa para decir que algo o alguien es muy bueno, o sobresaliente en lo que hace, aclarado este término medio raro para unos y poco usual para otros, seguiré adelante.

Mi papá seguía haciendo negocios y no sé cómo llegaron a sus manos algunos libros sobre salud y preparación de medicamentos, el que más recuerdo es uno que se llamaba "El guardián de la salud", éste era un libro gordo, repleto de nombres de enfermedades con sus síntomas, posibles remedios, tratamientos y curaciones.

Mi papá llegó a tener en uno de los cuartos de la casa una gran cantidad de frascos y frasquitos de todo tamaño llenos de polvos y de diferentes sustancias, con las cuales él preparaba medicinas para la gente de escasos, o casi sin ningún recurso económico, el viejo era muy acertado con sus recetas y no cobraba por estos servicios.

Todos aquellos que se sanaban, que por lo general era gente campesina, y que en agradecimiento los días sábado colmaban mi casa de todos los diferentes productos que ellos producían en sus fincas, y muchas veces hasta gallinas de las cuales dábamos buena cuenta y a las que invitábamos a un delicioso sancocho de gallina del cual nunca regresaban.

Cierto día llegó a mi casa un hombre que literalmente tenía un hueco en la espalda en el cual cabria el puño de un adulto. Mi papá trataba a este hombre, llenándole dicho hueco con una sustancia que parecía una pomada o crema, lo vendaba y lo mandaba de regreso a su casa, al final de unos tres meses el hombre estaba completamente sano, algunos creían que lo que el hombre padecía era un cáncer, lo cierto del caso es que no sufrió más por este asunto, se sabe que había visitado a varios médicos, pero el hombre seguía igual.

Lo triste de esta historia es que ninguno de mis hermanos se interesó por los conocimientos y la sabiduría de mi padre, y el viejo se llevó todo este conocimiento, experiencia y sabiduría a la tumba; pero mucha gente de pocos recursos, pero de grandes expectativas, recibieron de él lo que esperaban.

Quiero en este punto hacer un paréntesis y hablar un poco a cerca de la expectativa. Vivir la vida requiere de un continuo aprendizaje, donde las diferentes situaciones y circunstancias unidas a las diferentes vivencias y experiencias nos llevan a vivir con muchas más expectativas frente a ella.

Expectativa es la esperanza o la posibilidad de conseguir algo, una expectativa es lo que se considera que es lo más probable que suceda.

Podemos decir que expectativa es: perspectiva, probabilidad, posibilidad, esperanza, salida.

Tener una buena expectativa es tener la esperanza con los ojos puestos en el futuro, los pies bien puestos en el presente y el corazón arraigado en lo que Dios ha dicho que hará en nosotros en el futuro, con la certeza de que Él no solamente cumplirá lo que ha dicho, sino que también lo hará.

¿Has oído decir que "Dios lo hará otra vez" y que "cosas grandes Dios hará"?

Esto es una verdad absoluta, y podemos decir que nuestro Dios, es un Dios innovador, y que siempre está haciendo cosas nuevas y por supuesto debemos estar listos y dispuestos para todo lo bueno y nuevo que Dios tiene preparado para nosotros.

Jeremías 29:11 RVR1960
"Porque yo sé los pensamientos que tengo acerca de vosotros, dice Jehová, pensamientos de paz, y no de mal, para daros el fin que esperáis".

Esperar cosas buenas, nuevas y grandes es lo más apropiado, pero se requiere de una genuina expectativa que a su vez sea llevada de la mano de la fe y acompañada de la determinación, del arrojo y la valentía.

No hay nada que genere más expectativas que el mudarse de casa, de ciudad y más aun de país.

Con esto en mente puedo decir que, al llegar a los Estados Unidos, país donde vivo, muchos de nosotros hemos venido con grandes sueños, ilusiones y expectativas, hemos llegado de diferentes lugares y culturas, pero lo triste para muchos es que todavía no han visto la realización de todo lo que anhelaban o esperaban.

La expectación y la posterior realización de lo que esperamos tiene que ver con dos cosas bien importantes:

La primera es dejar atrás todo lo que se quedó atrás. Lo que se quedó atrás es pasado.

Queremos vivir en un nuevo país y una nueva ciudad, pero sin dejar lo que se quedó en nuestros respectivos lugares de donde Dios nos sacó.

Estábamos locos por salir y explorar nuevos lugares, deseosos de dejar el pueblo donde nacimos o nos criamos, de dejar la gente, la cultura, el clima, pero insistimos en traer con nosotros todo aquello que queríamos dejar atrás.

Se hace necesario renunciar y dejar atrás todo lo que se quedó atrás. Cosas como nuestro país, la iglesia de la que salimos, la familia que se quedó, los amigos que dejamos, la cultura de donde salimos y entonces abrirnos a lo bueno y nuevo que Dios tiene para nosotros en este país.

No hablo de olvidar o de ignorar nuestra cultura o nuestros países, o familias o amigos, debemos seguir amándolos, orar por ellos y declarar vida y bendición sobre todos ellos, lo que estoy tratando de decir es que no debemos permitir que estas cosas nos aten, nos controlen, nos manipulen y no nos permitan vivir en paz y en tranquilidad.

La mayoría de personas que conozco viven con algún control físico, emocional o sentimental ocasionado por la falta que le hace su tierra, su familia, sus amigos, su iglesia o el ambiente en el que se desenvolvían y esto los ha llevado a vivir con un corazón dividido, la mitad de ese corazón está aquí y la otra mitad en el lugar de donde salieron, y no pueden vivir vidas plenas, sino vidas infelices; especialmente la comunidad cubana, que como dice la canción: "cuando salieron de Cuba dejaron enterrado su corazón".

Lo segundo es traer el corazón del lugar de donde lo dejamos, querer vivir en un nuevo lugar, con nuevas y grandes expectativas, pero un corazón dividido, es la vía más rápida hacia el fracaso y la frustración; Dios no hará nada con alguien que vive con un corazón dividido, se requiere que estemos en el lugar donde Dios nos puso o nos plantó, pero completos. No podemos vivir en dos lugares al mismo tiempo; esto nos llevará a la inseguridad, a la inconstancia y la inconsistencia, y tendremos una mente dividida que nos llevará a vivir divagando entre dos pensamientos. Si estamos aquí, queremos estar allá, y si estamos allá no podemos ser felices porque queremos estar aquí, y lo peor es que no llegaremos a saber de dónde somos, ni tampoco lo que queremos, y cuando queremos algo, y lo tenemos, entonces no lo disfrutamos plenamente por estar pensando en lo que se quedó allá. Podría decirse entonces que no disfrutamos del pernil que nos estamos comiendo aquí, porque estamos tristes y pensando en el caldo de gallina que se quedó allá.

Una buena expectativa nos llevará a tener total claridad en lo que queremos, y sobre todo en ver y apreciar lo que Dios nos ha entregado.

No dejes de orar por tu país de origen, ora por la iglesia y por los pastores que se quedaron atrás, ama a tu gente, a tu familia, a tus amigos, tu cultura, pero mientras estés aquí toma posesión de este territorio.

Deja lo que se quedó y toma posesión de lo que tienes frente a ti y de lo que Dios ha puesto en tus manos.

Esta es una oración que junto con mi esposa y mis hijos hemos hecho y que usted también podría hacer, te aseguro que traerá bendición y libertad a su vida, tal como la trajo a las nuestras.

"Padre en el nombre de Jesús, te doy gracias por tu amor, por tu cuidado y por cumplir tu propósito en mí y en mi familia, tus caminos y tus planes son perfectos. Señor tú nos has traído a este país y sé que nos tienes aquí porque quieres hacer algo nuevo con nosotros en este lugar, y por causa de un propósito eterno. Hoy tomamos posesión de esta tierra, aquí estamos y aquí nos quedamos, traemos nuestro corazón y nuestras vidas de "Colombia" (o del lugar de procedencia); las ponemos a tu disposición, y a partir de hoy estaremos completamente a tu servicio, en espíritu, alma y cuerpo; nos abrimos por completo a todo lo bueno, nuevo y grande que tú tienes para nosotros en este país, aquí está nuestro hogar, nuestra iglesia, nuestra gente, nuestra cultura, nuestro clima y tomamos la decisión de amar este país y aquí te serviremos con toda nuestra mente y con todo nuestro corazón. En el Nombre de Jesús. Amén".

El propósito de Dios es que vivas en el lugar donde te plantó, y si algún día te permite regresar a tu lugar de origen, ¡hazlo! Pero primero cumple la asignación y el propósito para el cual Dios te movió, no te vayas antes de tiempo como un derrotado o abortando un plan que al fin y al cabo no es tuyo, es de Dios.

Dios tiene cosas grandes y buenas, las cuales preparó de antemano para que las disfrutáramos plenamente, además el cumplirá todo su propósito en nosotros.

Definitivamente Dios lo hará, Él no cambia y siempre cuida de nosotros.

Isaías 46: 3-4 RVR1960 nos dice de la siguiente manera:

"Escúchame, familia de Jacob, todo el resto de la familia de Israel, a quienes he cargado desde el vientre, y he llevado desde la cuna. Aun en la vejez, cuando ya peinen canas, yo seré el mismo, yo los sostendré. Yo los hice, y cuidaré de ustedes; los sostendré y los libraré".

Es hora de que le creamos a nuestro Dios y pongamos toda nuestra confianza en Él.

¡Vamos anímate! En Dios puedes poner todas y cada una de tus expectativas, Él no te defraudará y estoy seguro de que Él hará mucho más abundantemente de lo que tú crees y esperas.

UNA NIÑEZ INOLVIDABLE

Toda mi niñez transcurrió en Santuario, al igual que mi adolescencia y juventud, terminé por vivir en esa población diecinueve años de mi vida.

Mi niñez fue como la de cualquier otro niño, era la época donde la televisión, el computador y los juegos electrónicos hacían parte de la ciencia ficción, todo esto todavía se encontraban en las mentes de los inventores del futuro esperando para dar a luz.

Esta condición produjo grandes beneficios a la niñez de mi tiempo, pues la disfrutamos plenamente, especialmente en lo que tiene que ver con el juego, el compañerismo y el desarrollo de la imaginación.

Cualquier tapa de una gaseosa o un refresco, la carretita vacía de un tubito de hilo, un botón o un simple palillo de un helado del que habíamos terminado de chupar hasta saciarnos, se podía convertir en un auto, una nave espacial, un avión, una retroexcavadora o en la más poderosa arma de guerra o de destrucción masiva.

La imaginación literalmente volaba y los juegos eran divertidísimos; en una pared de tierra podíamos diseñar la más compleja carretera con toda clase de obstáculos y puentes y claro está no faltaban los carros que se chocaban en la vía, y rodaban por abismos impresionantes dejando en el camino cualquier cantidad de muertos y heridos, pero no había problema también teníamos un muy buen cuerpo de rescate, que constaba de bomberos, médicos y enfermeras; era increíble todo lo que podíamos hacer con casi cualquier cosa, éramos recursivos y pasábamos las tardes jugando, compartiendo y dando rienda suelta a la imaginación y a la sana diversión.

¿Quién no jugó a las canicas? Aquéllas preciosas bolas de cristal con las cuales nos descerebrábamos tratando de descubrir cómo les metían las rallas y los diversos colores que formaban esas figuras tan fantásticas que tenían en su interior.

¿Quién no montó en un triciclo de hierro puro? Aquéllos que pesaban más que un mal remordimiento, ¡eran indestructibles! Generalmente cuando un triciclo llegaba a tus manos, ya había hecho parte de la herencia de un niño vecino, o de un familiar a quienes sus hijos ya se les habían crecido, o llegaba a ti porque ya eras la tercera o cuarta generación y que por turno generacional te tocaba. Claro está después de que todos tus familiares montaron en él cuando eran niños.

Era común oír decir a un joven de dieciocho años:

¡Todavía existe ese triciclo!

Además, se contaban todas las travesuras que se hicieron con él... lo más asombroso es que, ¡todavía estaba bueno! De verdad que eran indestructibles.

Hoy en día los triciclos son de plástico y difícilmente pasan la prueba de un sólo niño y eso si el muchachito no es muy travieso, pero si es de aquellos que son capaces de desarmar un balín de acero, dudo mucho que le dure.

Los juegos integraban a todos los niños de la cuadra, ¡éramos incansables!

Podíamos correr todo el día y ni hambre nos daba, nuestras mamás nos forzaban a dejar el juego para ir a tomar alimentos, entre los juegos más divertidos estaba el trompo, el yoyo, el balero o perinola, el fútbol con pelota de trapo o de papel, el gato y el ratón, el deslizarnos por las calles pendientes y empedradas del pueblo sobre tablas de madera las cuales embadurnábamos con cera o parafina, para que se deslizaran más fácil y fueran más rápidas; aclaro que de esta divertida actividad sólo pudimos disfrutar los niños que tuvimos el privilegio de vivir en pueblos con calles inclinadas y empedradas, lo que vivieron en pueblos con calles planas no saben de lo que estoy hablando.

¿Quién no montó en caballo? Obviamente, el que hacíamos con el palo de una escoba y al que le incrustábamos una pieza de plástico que tenía la forma de la cabeza de un caballo, y con el cual cabalgábamos como diestros jinetes; hacíamos todos los ruidos característicos de este animal, relinchábamos, lo galopábamos, lo trotábamos y hasta chispas le sacábamos al hacerlo girar rápidamente, pues recuerdo en la punta de atrás del palo, perdón, del caballo le poníamos un clavo que al ser rosado contra las piedras o el cemento le sacábamos chispas.

Cuando lográbamos reunir a varios niños, quiero decir a varios caballos, entonces participábamos en carreras, cabalgatas, paseos por las calles y hasta en batallas, las cuales eran supremamente sangrientas, pues siempre terminábamos con los codos o las rodillas peladas, y uno que otro chichón en la cabeza después de que otro caballo se nos venía encima.

Pero con todo, era muy divertido; aunque no lo era tanto en aquellas ocasiones en las que hacíamos enojar a nuestras madres y después eran ellas las que nos perseguían para castigarnos, y usaban precisamente el palo del caballo para amenazarnos y pegarnos.

Estos años también fueron muy llenos de temor, siempre se hablaba de espantos, apariciones y brujas.

Recuerdo que mi mamá y mis hermanas decían haber visto una niña vestida de blanco al final de las escaleras que llevan al primer piso y que conducían a la tienda-panadería de la familia, se supuso que quizás una niña había muerto en aquella casa y posiblemente la habían enterrado en el sótano; ya se imaginará usted con qué velocidad yo bajaba o subía aquellas escalas, sobre todo en horas de la noche, éstas escaleras tenían unos huecos en la parte baja y se podía ver a través de ellos la oscuridad del sótano, y siempre tuve la sensación de ver una mano que salía por allí y me agarraba de los pies, ¡era aterrador!.

A mi casa se podía entrar por dos vías, la primera era a través de la tienda-panadería, una vez se estaba en la tienda, se podía ir hasta el fondo y subir por las escalas al segundo piso, que era donde se encontraban las habitaciones.

El segundo acceso era la entrada principal, esta quedaba por la calle lateral de la casa, y para llegar a ella había que caminar por el andén y darle media vuelta a la casa, tenía una puerta rustica de madera que permitía el acceso al patio de la casa y a la panadería, esta era una cabaña grande de madera con paredes de barro y techo de zinc; allí era donde se encontraban los molinos, el horno, las mesas donde se preparaba el pan y todos los demás productos propios de esta empresa.

Caminando por el andén y antes de llegar a la puerta principal había otra, la cual daba acceso a un recinto, el cual estaba vacío y no se le daba uso, era oscuro, tétrico y aterrador, su piso y sus paredes eran de tierra; cuenta mi hermano Carlos que en varias ocasiones cuando pasó frente a esta puerta, se la empujaron desde el interior, y después del susto mi hermano de un brinco terminaba en el centro de la calle. Así que cuando yo pasaba por allí no usaba el andén, usaba el centro de la calle por si las moscas.

Entrar por la puerta principal, la que daba acceso al patio de la casa era otra odisea, ya que en mi casa teníamos un perro, un gran danés, era tan grande como un ternero y tan bravo que mordía a todos en casa, menos a mi mamá, dicho sea de paso mi mamá era más brava que este perro, era ella la que nos recibía en la puerta y nos protegía para poder entrar sin ser atacados o mordidos por él, el problema era cuando mi mamá no respondía al llamado y entonces no quedaba otra que tomar una de dos decisiones, entrar por la tienda y confiar en que ese día no saliera la mano que te iba a agarrar por los pies, o entrar por la puerta principal, la que daba al patio y orar para que el perro no te mordiera.

Los duendes, las brujas, el coco, el viejito del costal, la madremonte, la mano peluda, la llorona, la monja sin cabeza y el pollo maligno, hacían parte de los cuentos infantiles, que no se parecían en nada a los de Disney, y que aportaban una alta cuota de miedo, de adrenalina y de temor a nuestros más tiernos años.

Recuerdo que mi casa tenía un patio interno en forma de cuadro, tres de esos lados estaban rodeados por un corredor con piso de madera, que a su vez estaba cercado por una baranda.

En el otro lado formando el cuadrado estaba la enramada donde funcionaba la panadería, ésta estaba cubierta por un techo de láminas de metal de zinc; varias veces escuchamos en horas de la noche como si alguien vaciara costales llenos de maíz sobre aquel techo, el ruido era espantoso y cuando salíamos para saber qué era todo aquel escándalo, encontrábamos que todo estaba en orden y "no había pasado nada".

En el extremo más lejano de las habitaciones, en lo último del patio, estaba el baño y el sanitario, éstos dos de por si eran tétricos, especialmente en horas de la noche, no gozábamos de las bondades del papel higiénico, pero sí de las bondades aunque un poco más ásperas y anti higiénicas del papel periódico; era entonces del gusto del usuario seleccionar la sección que más le gustaba, a mí personalmente me gustaba la sección de los deportes; ¿será por eso que nunca sobresalí en ninguno de ellos?

Aquél sanitario contaba con un bombillo que, aunque alumbraba poco, se podía encender desde el lado de afuera de dicho sanitario, la puerta era de madera y contaba con una aldaba, (la aldaba es el antecesor del pasador).

Un día como a eso de las siete de la noche, entré al sanitario y mientras me encontraba haciendo aquello que usted no puede hacer por mí, de repente la luz se apagó y pensando que había ocurrido un corte de la electricidad, quise salir pero no encontré la puerta, parecía que me encontraba en otro lugar o dimensión, y en medio de la oscuridad traté de reconocer al tacto aquel pequeño baño en el que muchísimas veces y por necesidad había entrado, pero no me era familiar y me asusté muchísimo al no poder reconocerlo, pasados como diez minutos grité pidiendo ayuda, pero nadie respondía a mi llamado, de repente la luz regresó y pude salir de aquella espantosa experiencia, lo extraño de este acontecimiento es que mi mamá y algunos miembros de la familia estaban afuera bien cerca del sanitario y no reportaron ningún corte en la electricidad y tampoco escucharon mis gritos.

El baño o la ducha del agua eran otro cuento, se encontraba al lado del sanitario, pero era independiente, era un cuarto de adobe recubierto con cemento, pero sin techo, no teníamos agua caliente y el clima de Santuario era muy frío y poco misericordioso, sobre todo en las horas de la mañana, con aquel frío que hacía no daban ganas de bañarse, pero ante la insistencia de mi mamá, bañarse era mandatorio.

Yo tenía una forma muy particular de bañarme, primero me lavaba la cara, luego las manos, los pies y entre tiritar y temblar, ya estaba listo, aquello era lo que se podía llamar "bañado de gato" y si a esto agregamos el hecho de que me orinaba en la cama, ya usted podrá imaginarse el cuadro, pero a mi viejita no había quien le ganara, no sé cómo se subía por la parte de afuera del baño con un recipiente grande y lleno de agua y de la más fría que había encontrado y me la derramaba por encima del baño; y después de mojado, cantaleteado y asustado, pues tenía que terminar de bañarme.

Lo que más me molestaba al salir de ese martirio, que más parecía una tortura china, era ver la cara de satisfacción de mi mamá, la cual reflejaba una enigmática sonrisa de mona lisa impregnada con un toque sutil de burla, que hasta el día de hoy me parece estar viendo.

La niñez que cada niño, que tuvo la oportunidad de vivir en estos años, también se vio muy influenciada por las costumbres que la religión impuso y que se hicieron parte de la cultura. Tal era el caso de las fechas especiales que esperábamos con mucha ansiedad y con muchas expectativas, una de ellas era la semana santa, ya que también era tiempo de vacaciones. Yo personalmente amaba esta semana del mes de abril, no porque era muy piadoso y esperaba este tiempo para ir a misa, o asistir a todas las procesiones que se realizaban, sino, porque no había estudio, yo amaba no tener que estudiar, y estas eran unas vacaciones anticipadas a las de junio y julio, que era el tiempo cuando teníamos las vacaciones de la escuela de mitad de año.

Yo no era muy amigo de asistir a misa, por naturaleza soy muy inquieto y no se me hace fácil estar quieto en un mismo lugar por un largo tiempo, así que la mayor parte del tiempo que duraba la misa, mi mamá se la pasaba regañándome y pellizcándome para que me quedara quieto y prestara atención.

Generalmente mi mamá me llevaba a misa en contra de mi voluntad y obviamente después de que ella me diera unas cuantas buenas razones para asistir, no me quedaba más remedio que ir. Las misas a mi modo de ver eran tediosas, aburridas y largas, yo no veía la hora en la que el cura dijera: Podéis ir en paz.

Era una obligación no solamente ir a misa, también lo era el preparar a los hijos para la primera comunión, cosa que a mí no me hacía nada de gracia, sobre todo porque teníamos que estudiar el catecismo, este era un librito con rezos y credos que nos teníamos que aprender de memoria, y ni hablar de aquella túnica blanca que le ponían a los niños y que a la misma vez debían llevar un cirio en las manos, el cirio era una vela un poco más grande de lo normal y que estaba adornada con cruces, cálices y un moño blanco. Recuerdo que dicha túnica generalmente era comprada o se podía conseguir prestada y la que me hicieron vestir en aquella ocasión, estoy seguro que quien prestó la túnica que me vistieron pertenecía a un niño más pequeño que yo, porque me quedó a la mitad de la pierna, no se sabía si era túnica, mini túnica, falda corta o una camisa larga, lo cierto es que sentía que me veía muy ridículo y me sentí muy apenado; pero el saber que había fiesta y regalos, hacía que valiera la pena pasar el mal momento; aunque debo confesar que sí me parecía chévere el hecho de comulgar por primera vez, ya que según decían, era a través de la hostia que se recibía a Cristo, y eso a mis siete años de edad, fue una buena motivación, aunque fue cuando ya estuve grande que me di cuenta que a Cristo no se le recibe por la boca, sino que se le recibe en el corazón.

La otra fecha que era más que esperada, obviamente era la navidad, este también era tiempo de vacaciones, y más largas, era la época de fiestas y regalos, además por fin podíamos estrenar, así le llamábamos a la posibilidad de tener zapatos y ropa nueva.

En mi niñez no existía el viejo barbudo y panzón al que llaman Santa; sólo se hablaba del niño Jesús o del niño Dios, y Él era quién en la medianoche del veinticuatro de diciembre traía los regalos de navidad, a los cuales también les dábamos el nombre de aguinaldos, así que el niño Dios era bien esperado.

También se nos engañó al ocultarnos la verdadera identidad de aquel que nos daba los regalos, finalmente nos dimos cuenta que el niño Jesús, o el niño Dios resultó ser un papá que en calzoncillos se desplazaba muy sigilosamente, sin hacer ruido y sin ser visto y a altas horas de la noche, para poder poner los regalos en la cabecera de la cama de cada uno de sus hijos, ya que en aquella época los regalos o aguinaldos no se ponían en el árbol de navidad, sino en la cama.

En la mañana del veinticinco de diciembre al despertarnos sentíamos algo que nos estorbaba y que, hacia un ruido muy particular, era el crujir de un paquete que sonaba cada vez que lo tocábamos, o lo empujábamos con la cabeza.

Se nos enseñaba que podíamos pedir al niño Dios lo que quisiéramos, y que por ser Dios, Él nos daría lo que pidiéramos, el problema era que no todos los papás tenían la misma economía, ni el mismo poder adquisitivo, y además no existía la variedad de juguetes y de regalos que existen hoy; casi siempre la opción era un balón de caucho, más conocido como la pelota de números y de letras, los carros de bomberos o transportadores de bebidas gaseosas, estos eran de lámina de metal, altamente peligrosos; si un niño caía sobre ellos, o lo estrellaba contra la cabeza de otro conductor, allí quedaba una marca indeleble que le haría recordar el incidente toda su vida. Así que los regalos casi siempre eran los mismos, diciembre tras diciembre.

Lastimosamente esto quebrantó la fe y la credibilidad en Dios de muchos niños, ya que, al no habérseles dicho la verdad sobre la procedencia de los regalos de navidad, y que no era el niño Dios sino los padres los que daban los regalos hicieron que muchos se sintieran engañados y defraudados.

Esto también generó un problema, ya que algunos padres de menores recursos que otros, daban a sus hijos los regalos que su economía les permitía adquirir, y sin proponérselo, resultaban ser los mismos o similares a los del año pasado, así que los regalos se repetían cada año. Pero otros niños eran más afortunados, pues sus padres se podían dar el lujo de ir a la capital y traer regalos mucho más novedosos y costosos.

Sucedía que un niño después de haber creído que ese año el niño Dios le traería lo que él había pedido, se daba cuenta que no era así, ya que al salir a la calle se encontraba con que el niño del frente de su casa y cuyos padres tenía mejore recursos, estaba montado en su nueva bicicleta, la cual no podía manejar bien, porque sus nuevos patines no le dejaban acomodar bien los pies sobre los pedales.

Esta era una escena muy triste, porque mientras él apreciaba todos los regalos que su amiguito tenía, al mismo tiempo, también notaba que a él le habían vuelto a dar la misma pelota de letras y el mismo carrito del año pasado.

Esto llevó a muchos niños a pensar en dos cosas, una que Dios no era real, o que Dios no los amaba y con esto dando vueltas en su corazón, sus padres querían prepararlos para que hicieran la primera comunión y así hacer de ellos unos buenos católicos.

Considero que es mucho más práctico enseñar a nuestros hijos que es Dios quién provee y quién asimismo es por medio nuestro que les puede bendecir a ellos, y que de acuerdo con los recursos económicos que se tienen, así también será el regalo que ellos pueden esperar.

Esto fue lo que mi esposa y yo enseñamos a nuestros hijos, de tal manera que, cuando ellos querían pedir algo, primero preguntaban si lo que nosotros como padres ganábamos alcanzaba para comprar lo que ellos querían.

Nunca les dimos regalos por toneladas como es común hoy en día, y esto hizo que al no tenerlo todo, pues valoraran más lo poco que tenían y así se les creaba la expectativa de tener algo diferente el próximo año o en su próximo cumpleaños.

Acostumbrábamos a preguntarles: ¿Lo quieres o lo necesitas?

Y todavía hoy lo hacemos, y esto nos ha ayudado a tener una mejor economía con un mejor aprovechamiento de los recursos que Dios nos da.

Aprendimos a suplir primero las necesidades y después los deseos.

Siempre el cajón de los deseos es mucho más grande que el cajón de las necesidades.

Si primero suplimos para el cajón de los deseos, esto nos podrá dejar en la ruina; pero si suplimos primero para el cajón de las necesidades, nos llevará a vivir cómodamente, al final lo más importante es poder estar contentos con lo que tenemos.

LOS PASEOS AL RÍO... ¡LO MÁXIMO!

No había nada como los paseos al río, las golosinas, y dulces a los que le dábamos el nombre de "mecato", el juego y el famoso sancocho de gallina que lo acompañaban lo hacían inolvidable.

Allí si me gustaba bañarme, nos metíamos al agua a las nueve de la mañana y al final del día nos sacaban de allí con la piel arrugada, y nos temblaban hasta las uñas, pero estábamos felices de haber derrochado tanta energía y de haber tenido tanta diversión.

Sin temor a equivocarme, creo que por estar jugando es que no di buen rendimiento en la escuela; perdí segundo y tercer grado de primaria y si no hubiera sido por las bondades del profesor Abelardo Díaz que fue quién me ayudó, no habría cursado el quinto grado. Las cosas no pintaban muy bien que digamos, mis notas parecían del polo norte, todas bajo cero. Esto hizo que el profesor Diaz decidiera dejarme aplazado en matemáticas para que así yo no perdiera el año.

Dicho sea de paso, las matemáticas no eran mi fuerte y las demás materias tampoco, parece chiste, pero llegué a perder conducta, disciplina y hasta educación física; así que el profe Abelardo se las arregló para que yo pudiera habilitar esta materia y yo pudiera pasar el curso y entrar entonces al colegio de secundaria o bachillerato.

Reconozco que pasé al colegio de secundaria, pero tan arrastrado, que hasta la barriga me quedó pelada.

Con el paso de la escuela de primaria al bachillerato, entré al colegio Instituto Santuario, allí tuve que madurar y los cambios empezaron a llegar, cuando entré a primero de bachillerato me sentía en otro nivel, tanto el cambio de plantel educativo, como el encontrar nuevos maestros y nuevos amigos me llevaron a un tiempo de crecimiento y de renovación. La renovación es muy importante y hace parte del proceso de crecimiento y de desarrollo de todos los individuos. Quién no se renueva, irremediablemente muere.

Renovar es volver las cosas a su estado original, renovar es hacer que una cosa vuelva a tener el aspecto que tenía antes de sufrir un daño. Cuando un carro sufre un accidente es llevado para que lo renueven y entonces el carro se vea como se veía antes del accidente.

Renovar es cambio, modificación, mutación, metamorfosis, conversión, renovación.

Renovar es el cambio que experimentamos al ser transformados por el poder del Espíritu Santo. Todos nosotros nos encontramos en una constante transformación o metamorfosis; metamorfosis es el cambio que se experimenta durante el desarrollo y el crecimiento para que se manifieste la forma que tendremos de una manera definitiva.

Y esto precisamente se estaba operando en mí, este fue el proceso de crecimiento y de desarrollo que me llevaría a tener mi forma real y definitiva, y que haría que yo encajara en el propósito con el cual Dios me había creado; fue en el bachillerato donde empecé a descubrir mi inteligencia, capacidades, habilidades y talentos con los cuales Dios me había dotado.

Este proceso de cambio, renovación y metamorfosis indudablemente ocurre a todos y a cada uno de los seres humanos; a todos los afortunados que en un tiempo como este tenemos el privilegio de hacer parte de la existencia y que sin duda alguna seremos partícipes de las cosas grandes que Dios tiene preparadas para cada uno.

Es muy importante que nos hagamos consientes del cambio y de la transformación que Dios quiere obrar en nuestras vidas, porque Dios no hace nada sin un propósito; cada pieza del ajedrez es movida estratégicamente para lograr un ataque que lleve a la victoria. De la misma manera todo lo que Dios planea, hace, proyecta y desarrolla tiene un objetivo, y si Dios está queriendo hacer cambios, y transformaciones en nuestras vidas, es porque nos está preparando para algo.

Estamos viviendo tiempos en los que muchos de nosotros seremos testigos del despliegue del poder, y de la manifestación de la gloria de Dios a través del Espíritu Santo; esto es lo que la palabra de Dios afirma para los tiempos que estamos viviendo y usted amigo lector también lo verá; mi deseo es que usted no solamente lo vea como un espectador, sino como un participante, y esto sólo se logra cuando tenemos comunión, e intimidad con Dios.

Sé que como individuos y como iglesia Dios nos estará usando grandemente para sacudir las naciones y al mundo entero.

Sé, que sé, que sé, que Dios hará cosas grandes en medio nuestro y yo quiero ser partícipe del derramamiento de su Santo Espíritu, de la manifestación de su gloria y de los milagros y prodigios que tendrán lugar; definitivamente tenemos cielos abiertos y estoy convencido de que cosas grandes Dios hará.

Pasar por procesos, para algunos puede hacerse largo, fatigante y tedioso, pero es necesario.

Moisés estuvo con el pueblo de Israel en el desierto, en un proceso que les hacía estar constantemente levantando el tabernáculo y desarmando el tabernáculo, levantando el tabernáculo y desarmando el tabernáculo, pero en ese proceso vieron la nube de su presencia y la columna de fuego de la gloria de Dios, porque Dios estaba con ellos en medio del proceso.

Este proceso en el desierto estaba diseñado para que el pueblo de Israel llegara a la tierra prometida con un nuevo plan, en un nuevo territorio, nuevas victorias, nuevas conquistas y nuevos retos que le permitirían tomar posesión de la tierra que Dios ya les había dado.

Lo triste es que la mayoría de aquellos Israelitas, quienes estaban destinados a ocupar aquel nuevo territorio, nunca llegaron a verlo, y no se pudieron gozar de aquella gloria y tampoco fueron participes de las cosas nuevas, grandes y poderosas que Dios tenía preparadas de antemano para que se gozaran en ellas.

Querido lector no seas tú uno de aquellos que pudiendo haber alcanzado no alcanzaron, que pudiendo haber llegado no llegaron. Porque, ¿qué les impidió alcanzar? ¿Qué les impidió llegar? En aquel proceso de levantar el tabernáculo y de desarmar el tabernáculo se levantaron enemigos terribles como la murmuración, la crítica, el chisme, la duda, la incredulidad y la queja, muchos fueron tragados por el desierto, mordidos por serpientes, consumidos por el fuego y otros por no haber dejado atrás su pasado y haberse abierto a lo nuevo que Dios les estaba dando dieron vueltas y vueltas y perecieron en el desierto; y esto es precisamente lo que produce la rebeldía, el egoísmo, la terquedad y el negarnos a la renovación y a la transformación de nuestra mente; fueron necios que se conformaron, o tomaron la forma de Egipto y no permitieron la renovación de su entendimiento por medio de la palabra de Dios. El pueblo de Israel fue sacado de Egipto, pero ellos no sacaron a Egipto de sus corazones. Negarnos al cambio y a la transformación, lamentablemente nos impedirá alcanzar lo nuevo.

Las sagradas escrituras en el libro a los romanos en el capitulo12 y el verso 2 RVR1960. Nos dicen lo siguiente: *"parafraseando"* *"No se amolden al mundo actual, sino sean transformados mediante la renovación de su mente. Así podrán comprobar cuál es la voluntad de Dios, solo una mente renovada por la palabra de Dios podrá comprobar que la voluntad de Dios es buena, agradable y perfecta"*

Obremos pues con rectitud y determinémonos a abrir nuestra boca sólo para bendecir y para hablar bien, y si no tenemos nada bueno que decir entonces no digamos nada; prestemos nuestros oídos sólo para escuchar palabras de bendición y si no tenemos nada bueno que escuchar, entonces mantengámoslos alejados de la crítica, de las quejas, de los chismes y de las palabras mal intencionadas, no permitamos que nuestros oídos se usen como basureros, mantengámoslos limpios y abiertos para todo lo bueno, todo lo puro, todo lo honesto y todo lo que es de buen nombre.

Necesitamos ser conscientes del peligro que corremos como individuos, como familias y como iglesia, si nos desenfocamos de lo que Dios tiene para nosotros. No nos enfoquemos en aquello que sólo viene para matar, robar y destruir, y claro está para impedir que alcancemos todo el propósito que Dios tiene para nosotros.

No seamos pues participes de lo que a muerte y perdición conduce, sino de lo que a vida eterna permanece y con firmeza y determinación cerremos nuestra boca y cerremos también las bocas de aquellos que vienen con una mala intención y no nos hagamos partícipes con ellos, más bien seamos participantes de la naturaleza divina y de la gloria que será revelada; como dice la palabra del Señor:

Salmos 34: 12-14 RVR1960.

"El que quiera amar la vida y gozar de días felices que refrene su lengua de hablar el mal y sus labios de proferir engaños; que se aparte del mal y haga el bien; que busque la paz y la siga".

Si tenemos algo de que arrepentirnos, ¡arrepintámonos!

Si tenemos que perdonar o pedir perdón a alguien, ¡hagámoslo!

Pero eso sí, con misericordia y verdad, y de la mano del espíritu de perdón y de reconciliación.

Como dice filipenses 2:3-5 RVR1960. *"Parafraseando"*

"No hagas nada por egoísmo o por vanidad, ni por contienda, ni por orgullo, ni por terquedad, ni por rebeldía, ni por enojo; antes bien, con humildad y sencillez de corazón, considera a los demás como superiores a ti mismo. Vela, cuida y observa, no sólo por tus propios intereses sino también por los intereses de los demás. Ten la misma actitud que tuvo Cristo Jesús".

Estoy completamente seguro de que, si así hacemos, el Dios todopoderoso y eterno, el creador de todo lo que es y existe; estará de nuestro lado.

LOS 60S, AÑOS MUY VIOLENTOS

La primaria o la educación elemental, la empecé por el año 1964.

Los 60s fueron años muy violentos en Santuario, fue por esta época que comencé a oír acerca de la chusma o los chusmeros, algunas veces también llamados bandoleros, eran un grupo de personas generalmente de origen campesino, que adoctrinados por gente sin escrúpulos se dedicaban a asaltar fincas, estos incurrían no solamente en robo y latrocinio, sino también en el asesinato, eran muy temidos; recuerdo bien que una tarde como a eso de las cuatro cuando salía de la escuela, tuve una de las experiencias más traumáticas y aterradoras de mi vida, creo que yo contaba con unos siete años de edad, y al salir vi a todos los demás niños llenos de curiosidad, conmocionados y aterrados por el espectáculo que se estaba contemplando, y entonces pude ver tendidos sobre el andén del frente de la escuela a siete cuerpos de hombres que yacían sin vida, los cuales estaban sin cabeza y sus respectivas cabezas estaban en un costal; decían que los había matado la chusma.

Este grupo de desalmados a quiénes llamaban la chusma más tarde serían conocidos como la guerrilla, creo que tomaron, o se les dio este nombre después que fueron inyectados con la doctrina del "Che" Guevara y de Fidel Castro; esta ideología sería tiempo después contaminada con la droga y el narcotráfico, convirtiendo a esta organización en un negocio multimillonario que incluye el secuestro y la extorsión, tal como se le conoce en nuestros días; deseo aclarar que no pretendo ser un historiador, ni tampoco dar la idea de que conozco bien el origen, o la forma en que funciona la guerrilla o las FARC en Colombia, solamente estoy relatando lo que normalmente un ciudadano colombiano, del común y del corriente conoce a través de los medios informativos o por lo que generalmente se escucha en las calles.

Santuario sería tristemente conocido como uno de los pueblos más violentos de esta región de Colombia.

A Santuario también se le conocía con el nombre del pueblo de los sordos y de los ciegos, ya que los numerosos asesinatos siempre quedaban en la impunidad, y cuando las autoridades hacían las correspondientes investigaciones, la respuesta siempre era la misma. "Nadie vio nada y nadie oyó nada".

Lo único que le faltaba a Santuario era tener un aviso a la entrada del pueblo que dijera:

"No traiga machete que aquí le damos".

EL SUEÑO QUE DURÓ CINCO MINUTOS.

Por aquella época las películas sobre indios y vaqueros estaban de moda;

Así que siempre soñé con tener un caballo blanco que tuviera manchas cafés, como los que usaba el jefe indio en las películas, unas botas de vaquero y una chaqueta de cuero con flecos en las mangas y en el pecho.

Un día el sueño se me hizo realidad, apareció como por arte de magia un vendedor ambulante, quien traía mercancías, que parecían traídas de un país lejano y maravilloso y entre ellas pude ver las botas y la chaqueta de flecos que siempre había soñado; cuando aquel astuto vendedor vio que mis pequeños ojos brillaban con aquellas botas y aquella chaqueta de flecos, inmediatamente me las vistió, me sentí felizmente realizado y no podía creer que aquello tan maravilloso hiciera parte de la realidad. Pero la realidad era que mientras yo vestía aquellos soñados atuendos; mi mamá estaba regateando el precio con el vendedor, y cada vez mi madre ofrecía menos dinero, así que, al no haber acuerdo, aquel enojado vendedor me quitó mis botas y mi chaqueta de flecos, salió de mi casa, me dejó mirando para el páramo y nunca más lo volví a ver, lo peor de todo es que "mis botas y mi chaqueta de flecos" se iban con él.

Sé que venderle a mi mamá no era fácil, yo notaba que cada vez que ella llegaba a algún lugar, era ella la que le ponía precio a los artículos y no el dueño del almacén; algunos la conocían bien y creo que a propósito inflaban los precios, para que cuando mi mamá ofreciera, la venta fuera más rápida y así ella se iba del almacén con la idea de haber comprado a buen precio; recuerdo que ella regateaba hasta el precio de las yucas y de los plátanos, ¡mi madre era tremenda! Eso sí, una vez acordado el precio y había acuerdo entre mi mamá y el vendedor, ella lo miraba como queriéndole decir: "Usted a mí no me engaña", y metiendo la mano entre su seno, sacaba el fajo de billetes con los que pagaba por la compra; no está demás decir que el sostén era la caja fuerte ambulante de mi madre, y sólo ella conocía la combinación.

LA BICICLETA DE MI HERMANO

Por la época de la escuela, en primaria uno de mis hermanos apareció con una bicicleta, yo aprendí a manejarla, pero mi estatura no me dejaba montar normalmente, así que tenía que meter los pies por un lado del marco de la bicicleta porque sentado en el sillín mis pies no alcanzaban a llegar a los pedales, y cada vez que pedaleaba tenía que hacer las veces de contorsionista.

Frente a mi casa vivía la familia Mejía, uno de sus hijos, se llamaba Marino, era uno de mis mejores amigos, lo reté a una carrera; y como él no tenía bici, entonces lo hicimos de la siguiente manera: yo en mi bici y él a pie; eran dos cuadras y la meta estaba justo a la entrada de la escuela. La carrera comenzó y ya estaba yo a punto de coronarme como campeón de mi primera competencia ciclística; y de repente se me cruzó en el camino otro niño, que corría desde su casa hacia la calle y para no atropellarlo tuve que frenar, pero el único freno que funcionó a la perfección fue el delantero, la bicicleta dio una vuelta por encima de mi cuerpo y salí disparado. Aquel fue un corto vuelo, pero el aterrizaje fue forzoso y me dejó con fractura de nariz; mi tabique se fracturó. Mi "amigo" Marino no solamente no paraba de reírse, sino de repetirme a los gritos que él había ganado; reconozco que mi derrota fue cruel y aplastante.

MI PRIMER BALÓN DE FUTBOL

En una oportunidad, estaba yo por mis seis o siete años, compré una boleta de una rifa que se hacía en la escuela; el premio mayor era un balón de fútbol, y el costo de la boleta era de veinticinco centavos.

El sorteo se hacia los viernes durante el recreo, así que el patio de la escuela estaba lleno de niños, esperando a que el director de la escuela empezara a darle vuelta a la ruleta, recuerdo que era una circunferencia de color negro con números blancos, a la que se le hacía girar, la cual tenía un frenillo que detenía la ruleta señalando el número en el que había caído.

El número de mi boleta lo recuerdo muy bien era el 2222, ¿cómo podría olvidarlo?

El director de disciplina era Cristóbal Henao, era un señor mal encarado, con cara de carcelero y usaba unos grandes lentes de color verde oscuro, que parecían el fondo de dos grandes botellas de vino, se aproximó por detrás de mí y cuando vio mi número, me dijo:

"Mijo con ese número usted no va a aganar nada".

Cuando se le dio el primer impulso a la ruleta para que diera vueltas, salió el primer número, era el número 2

Don Cristóbal me dijo: "Estás de suerte, al menos salió uno de tus números".

La ruleta continuó dando vueltas, y salió el segundo número 2; luego el tercer número 2; para ese entonces don Cristóbal ya me tenía cargado y estaba gritando y haciendo fuerza para que saliera el cuarto número 2, y así sucedió. Me gané el balón, se hizo una gran fiesta y me fui feliz a mi casa con mi nuevo balón.

Una semana más tarde fue el mismo don Cristóbal quién le puso fin a la vida de este balón, pues en uno de los recreos, un compañero de juego le atinó un balonazo en la cara, allí en medio de sus grandes ojos, y aquellos dos fondos de botella verde que usaba como gafas volaron por el aire y se rompieron en pedazos, y

Don Cristóbal sin misericordia alguna y sin previo aviso, de la forma más despiadada, sacó su navaja y le metió una puñalada tan certera al balón, que terminó por desinflarlo, allí murió mi balón y también murieron mis sueños de haberme convertido en un afamado futbolista.

EL CIRCO

Por esos días llegó un circo a Santuario, ¡vaya acontecimiento! El pueblo sólo tenía una vía de acceso, se entraba por la carretera que comunicaba a La Virginia con Santuario.

La Virginia estaba a 32 kilómetros de distancia, y una vez se llegaba a Santuario, allí se acababa la vía y el viaje.

El circo instaló su carpa en uno de los patios de la escuela de primaria Marco Fidel Suárez, que se encontraba al extremo opuesto de la entrada del pueblo, después de la escuela sólo quedaba la opción de tomar los caminos de herradura que comunicaban con las fincas y veredas de esta población, o regresarse a La Virginia.

Así que allí se instaló el circo y una vez instalado; pues lo más lógico era ir al circo y comer de todos los manjares que vendía y poder disfrutar de todas sus atracciones, pero sin dinero en el bolsillo eso no era posible.

La mejor opción y la más rápida era ir a la tienda-panadería de mi hermano Horacio y esperar la salida de misa y que mi familia llegara, aquél era el momento donde todos se reunían a charlar y por supuesto estarían más distraídos, entonces yo entraría en acción y muy sigilosamente aprovecharía para meter la mano en el cajón de madera donde depositaban el dinero, este cajón de madera hacía las veces de registradora prehistórica, la idea era sacar dos pesos, que eran más que suficientes para realizar todos mis planes en el circo.

Así lo hice y muy astutamente vi la punta de lo que parecía un hermoso billete de dos pesos, lo atrapé y corrí raudo y veloz en dirección al circo, cuando llegué a la taquilla, me dispuse a pagar, y noté que el billete no era de dos pesos, sino de cincuenta, y en ese tiempo eso era muchísimo dinero, sé que me asusté mucho, tragué una buena dosis de saliva, pero había que hacer algo y había que hacerlo rápido, porque la función estaba a punto de empezar.

Regresé a la "registradora" de mi hermano y con todo sigilo y astucia, propio de un ladrón de banco, hice el cambio del billete de cincuenta por uno de dos.

De regreso en el circo, pagué mi entrada: era la primera vez en un circo, también era mi primer contacto con payasos y algunos animales amaestrados, entre los cuales quiero destacar la excelente actuación de un burro llamado Toribio, creo que puede ser clasificado como el burro más inteligente que he conocido, pues era increíble lo que este animal podía hacer, sólo le faltaba hablar; me divertí cantidad.

Tal vez un mes, o mes y medio más tarde, el municipio llevó a cabo un proyecto en el cual iba a cambiar todo el sistema de desagües y alcantarillado, para lo cual tuvo que romper las calles, desafortunadamente el presupuesto se acabó, la obra se paralizó, las calles se quedaron rotas y el circo se quedó atrapado, y sin poder salir del pueblo, ¡tuvimos circo para largo!

Fuimos a todas las funciones especiales que el circo ofreció, claro está, cada vez más bajo el precio de entrada, al final nadie más quería ir al circo.

Los animales empezaron a perder peso y finalmente los payasos y trapecistas se vieron forzados a buscar trabajo en el pueblo como pintores, recolectores de café, oficios varios y blanqueadores (oficio que consistía en aplicar agua con cal a las paredes de barro con un hisopo de cabuya. El hisopo y la cal son los antecesores de la brocha y de la pintura).

Finalmente, las calles las arreglaron, el circo pudo salir, pero borró a Santuario de la lista de poblaciones a visitar y nunca más volvió.

ALGUNAS TRAVESURAS

Fui lo que se puede llamar un niño travieso, pero no un niño mal intencionado, aunque tengo que confesar que en dos oportunidades y acompañado por otros de mis "amigos" le metimos palillos de madera a los candados de la escuela para que el director no pudieran meter la llave, y así no hubiera estudio, pero después de que llamaran a Don Félix Gonzales, quien se desempeñaba como el cerrajero del pueblo, el candado quedaba libre de toda obstrucción y la escuela funcionaba de nuevo; hasta recuerdo que nos daba tristeza al ver que la escuela solo estuvo cerrada por dos horas.

Le di mucho que hacer a mi mamá y de paso a mis hermanos, era bastante mimado y más conocido como el llorón, lloraba casi por todo, esta era mi mejor manera de controlar y manipular situaciones, las canas que tuvo mi madre se las saqué yo.

Me iba en la mañana con un grupo de amiguitos, nos metíamos en el barrial; que quedaba en el camino a la cancha de fútbol, aquel lugar era lo máximo, quedaba justo al lado de un riachuelo, tenía un barro de color gris, muy usado para hacer máscaras y toda clase de utensilios de barro; regresábamos en la tarde tan embarrados, que era difícil que nos reconocieran. Nuestras viejitas nos reconocían por la voz.

La casa en la que vivíamos quedaba en una esquina, la calle principal era plana pero la que formaba escuadra con ella era bien empinada, tanto que hasta los gatos se deslizaban al caminar por allí, ambas calles estaban empedradas. La casa tenía un predio al que llamábamos el solar, donde se hubiese podido construir otra casa y quedaba como en un segundo piso justo detrás de la casa; de hecho, las demás casas vecinas estaban en orden ascendente y daban la impresión de haber sido construidas sobre una escala gigantesca.

En este solar había un cultivo de caña de azúcar que lindaba con la enramada de la panadería, esta enramada se encontraba entre la casa y el solar. El solar formaba una pared de tierra que estaba al nivel del techo de la panadería y estaba separada de la panadería por unos sesenta centímetros (dos pies), y formaba una zanja por donde corría el agua lluvia, tanto la que caía del solar como la que caía del techo de la panadería.

Sobresalía en el solar un gran árbol de durazno que estaba sembrado en el borde del solar, sus duraznos eran riquísimos y yo tenía por costumbre y a escondidas de mi mamá subirme a este árbol, desde allí podía ver el techo de la casa y el techo de la panadería que quedaba justo debajo del árbol.

Me trepaba a este árbol para tomar los duraznos más grandes y maduros, el problema es que este árbol tenía la mala costumbre de dar sus mejores frutos en las ramas más débiles y más alejadas del tronco; una tarde se oyó un ruido estrepitoso sobre el techo de zinc de la enramada de la panadería, luego se escuchó algo que rodaba por el techo y posteriormente se oyó otro ruido un poco más seco, como el que produce un saco de papas cuando cae al piso acompañado de un: ¡uuggg! Como aquél que produce alguien cuando se ha quedado sin aire, este ruido era detrás de la pared de la enramada, entre ésta y la pared de tierra del solar, o sea en la zanja; cuando salieron a mirar qué era lo que había producido aquel ruido, me encontraron tendido sobre la zanja y sin poder respirar, uno de los trabajadores de la panadería hizo que mi respiración volviera a la normalidad después que me asestara un golpe en mi espalda.

Sucedió que la rama en la que me estaba apoyando se rompió; no entiendo por qué los árboles de durazno dan sus mejores y más grandes frutos en los lugares más difíciles de alcanzar, al final recibí después del susto la maravillosa cantaleta de mi mamá y la más estricta prohibición de volverme a subir a dicho árbol.

¿Pero ante la belleza y la dulzura de aquellos duraznos quién podría resistirse? Y volví a treparme y... de nuevo aquel ruido estrepitoso sobre el techo de metal de zinc; y ya no se preguntaban, ¿qué habría sucedido? o, ¿qué seria aquel ruido? Sino que decían: Rodrigo se cayó de nuevo.

Pero esta vez, estaban haciendo un trabajo en la zanja, que consistía en fabricar un desagüe de cemento para que el agua corriera con más libertad y no se metiera en la panadería; el obrero que estaba encargado de este trabajo había puesto en el piso unas pequeñas estacas de guadua (guadua: planta similar al bambú, pero de tallo más grueso) esto era para poder amarrar en las estacas de guadua el hilo que le daría el declive o el nivel adecuado al agua; en esos momentos fue que ocurrió mi caída, caí sobre el techo, luego rodé entre las dos paredes y caí de espaldas sobre una de estas estacas, aquí la respiración se demoró un poco más en volver y como se me hizo una pequeña herida en la espalda como a un centímetro de mi columna, me llevaron donde el médico, quién le dijo a mi mamá:

Doña Julia, si este niño hubiese caído sobre esa estaca un centímetro a la derecha, estaría inválido porque se habría fracturado su columna.

Ante este diagnóstico al día siguiente el árbol pagó por los platos rotos y lo cortaron; fue una gran lastima, pero también fue muy gratificante ver como Dios desde mi temprana edad estaba guardándome.

Mucha gente cree que la protección de Dios que recibimos aun desde nuestra niñez es producto de la casualidad, o de la buena suerte, pero no hay tal cosa como buena suerte, yo prefiero llamarlo bendición, cuidado y atención de Dios.

Si somos honestos, muchos de nosotros sabemos que no deberíamos estar vivos, más aun, algunos deberíamos estar en un hospital o en una cárcel.

Son muchas las veces en que nos preguntamos: ¿Qué fue eso que nos guardó o nos protegió? Cuando deberíamos más bien preguntarnos: ¿Quién fue el que nos guardó o nos libró de aquellos accidentes de los cuales nos salvamos? Y bien sabemos que de muchos de ellos nos salvamos por un pelo.

Recuerdo haber estado en el lugar correcto, en el tiempo correcto; y esto sucedió en por lo menos tres o cuatro ocasiones en las cuales rescaté de morir ahogados a igual número de personas. Otras veces salí bien librado, o sólo con algunas pequeñas heridas, o rasguños de caídas en las cuales pude haberme fracturado, y de hecho podía notar que algunos de mis compañeros de juego se fracturaban brazos o piernas en accidentes menos aparatosos, y siempre decían, ¡qué suerte! o, ¡qué de buenas!

La verdad es que Dios nos escogió desde antes de que naciéramos, y proporcional al plan y propósito que Dios tiene para cada uno de nosotros, así es su poder para guardarnos y para que alcancemos todo el plan y el propósito que tiene de antemano preparado para nosotros.

Veamos entonces lo que dice la palabra de Dios al respecto para que nos demos cuenta de que todo esto tiene mucho que ver con: Creación, predestinación, formación, propósito y destino

Jeremías 1:5 RVR1960.
"Vino, pues, palabra de Jehová a mí, diciendo: Antes que te formase en el vientre te conocí, y antes que nacieses te santifiqué, te di por profeta a las naciones".

Efesios 2:10 RVR1960.
"Porque somos hechura suya, creados en Cristo Jesús para buenas obras, las cuales Dios preparó de antemano para que anduviésemos en ellas".

Jeremías 29:11 RVR1960
"Porque yo sé los pensamientos que tengo acerca de vosotros, dice Jehová, pensamientos de paz, y no de mal, para daros el fin que esperáis".

Isaías 48:17 RVR1960
"Así ha dicho Jehová, Redentor tuyo, el Santo de Israel: Yo soy Jehová Dios tuyo, que te enseña provechosamente, que te encamina por el camino que debes seguir".

Podemos decir entonces, que todo hace parte de un plan, que ideado por una mente maestra va desarrollándose lenta, pero contundentemente, y va cumpliéndose frente nuestros propios ojos y que al mismo tiempo nos va dando entendimiento, dirección y sabiduría para saber cómo alinearnos con el plan y propósito que Dios tiene para nosotros, ya que somos protagonistas únicos en este viaje extraordinario lleno de aventuras y retos al que llamamos existencia o vida, pero que no es otra cosa que el regalo de vivir.

A mis años puedo decir que la vida es bella y ha valido la pena ser vivida, todas las circunstancias, problemas y vicisitudes que he encontrado en ella han tenido como objetivo primordial enseñarme a vivir; han formado y pulido mi carácter y temperamento; y han hecho que sea un mejor esposo, un mejor padre y un mejor hombre de Dios.

Muchas cosas que me sucedieron en el pasado y que en ese preciso momento me parecieron terribles y me afligieron; vistas con las gafas del tiempo y a distancia, contempladas con los binoculares de la experiencia que dan los años y apreciadas desde aquí en el viaje que nos llevó al futuro, puedo decir que todo aquello que en un momento llegó a mi vida y que como les digo parecía algo terrible, hoy puedo ver que todo aquello me hizo mucho bien y que era necesario para aprender a vivir.

He aprendido que los problemas son bendiciones disfrazadas, que el mayor problema de todos los problemas es no tener problemas.

Que cuando encaramos y enfrentamos a los problemas con arrojo, valentía y determinación los podemos vencer y que todo problema, enfrentado, resuelto y vencido nos ayuda a crecer y a madurar.

"Problema y condición vencida es bendición establecida".

Pero cuando tenemos problemas y los evadimos, perdemos la oportunidad de crecer y de madurar y lo peor de todo es que el problema que evadimos hoy, lo encontraremos mañana, pero más fortalecido y un poco más gordo.

Si alguien te tira un ladrillo, no te lamentes ni te quejes, ni le preguntes a Dios, ¿por qué a mí?

Si miras las cosas desde otro punto de vista, ese ladrillo podría ser la primera piedra para aquello que has estado pensando en construir, pide más ladrillos y un día podrás terminar la construcción.

Alguna vez escuché decir que Suecia es un país donde el nivel económico, político y social es el mismo, pero paradójicamente es el país donde se registra el mayor número de suicidios en el mundo entero y esto sucede en la población joven de este país, esto no suena bien y tampoco pareciera tener sentido porque, ¿cómo es que en un país donde aparentemente la gente no tiene las necesidades que los demás tienen, es precisamente el país donde los jóvenes más se quitan la vida?

Como dije antes, los problemas nos enseñan a vivir y a la vez nos dan las motivaciones necesarias para seguir viviendo.

En Suecia cuando un joven quiere un carro, simplemente lo tiene, al igual si es una motocicleta, si su deseo es un carro del año igualmente lo puede tener, está al alcance de su mano, pero también es un peligro, ya que el poder adquisitivo que tiene, le da acceso a drogas, licor y a todo tipo de inmoralidad sexual, y al final se queda sin motivaciones para seguir viviendo, y terminan quitándose la vida, pues técnicamente "lo tienen todo" o al menos lo que han querido tener.

Para usted amigo lector y para mí las cosas son a otro precio, generalmente vivimos muy lejos de tener un nivel económico, político y social equitativo, y cada vez que queremos tener algo eso se convierte en un problema, en un reto.

El simple hecho de querer tener una bicicleta nos plantea retos en nuestra economía que debemos vencer y esos retos se multiplican grandemente si lo que queremos tener es un carro o una casa, ¡qué problema más grande!

Pero el luchar por estas cosas que son necesarias en nuestra vida no solamente nos plantea retos, sino que nos dan las motivaciones necesarias para seguir viviendo. Una motivación es aquello nos impulsa o nos incentiva a hacer algo, entonces una motivación es lo hace que luches por una bicicleta, literalmente vives por ella y la obtienes.

Entonces puedes decir: "Prueba vencida, bendición establecida".

Si tu deseo es un carro entonces viene un reto mayor, ahora la mira está puesta en un carro nuevo, luchas por él, lo trabajas, lo sueñas, lo anhelas y finalmente lo obtienes.

"Prueba vencida, bendición establecida".

Y así sucesivamente vivimos y luchamos por todo aquello que consideramos necesario creando así motivaciones para seguir viviendo y para seguir estableciendo bendiciones.

Bien dicen por ahí que:

"El que quiera celeste que le cueste".

Y entre más nos cueste, más lo valoramos y más vivimos en función de aquello que queremos adquirir, y de esto depende el valor que le damos a la vida y a las personas que amamos y con las cuales vivimos y quienes son nuestros compañeros del camino en este único viaje, el viaje de la vida. Este es un bello e inolvidable viaje.

Como ya lo mencioné antes, el pasado sólo debe ser visto para aprender de él y para no cometer los mismos errores que cometimos. No podemos vivir en el pasado porque el pasado no existe, el futuro es incierto y está en las manos de Dios; el hoy es un regalo, por eso se llama presente.

Eclesiastés 3:1 RVR1960
"Todo tiene su tiempo, y todo lo que se quiere debajo del cielo tiene su hora".

El tiempo es la magnitud física con la que podemos medir la duración o la separación de acontecimientos, que están sujetos a cambio.

El tiempo permite ordenar los sucesos en secuencias, estableciendo un pasado, un futuro y un tercer conjunto de eventos que no son ni pasados ni futuros, pero que tiene una combinación de ambos y eso es lo que llamamos "presente".

El tiempo pasa y no se detiene, y debemos avanzar con él, no nos podemos detener, no nos podemos quedar atrapados en el pasado, porque el pasado no existe, el pasado ya no lo podemos vivir, ya no lo podemos cambiar; el pasado es irremediable y para muchos es un tirano, pero es sólo eso: "El pasado".

Debemos aprender a disfrutar de nuestro presente, pero estando preparados para enfrentar y entrar en el futuro.

Te has puesto a pensar lo terrible que es vivir atrapado en el pasado; pero ¿cómo sería vivir atrapado en el presente? Ésta es una enfermedad que hace que la gente que la sufre no tenga ni pasado ni futuro y es muy parecida a la amnesia, pero mucho peor.

Pero peor que esta terrible enfermedad es tener un futuro y vivir como si no lo tuviéramos, tener un futuro y decidir vivir en el pasado, tener un futuro y no tener planes, sueños, anhelos, deseos y proyectos de vida.

Recuerda que siempre habrá para ti un nuevo comienzo, una nueva etapa, una nueva estación, una nueva temporada. Constantemente estamos viendo cómo cambia el tiempo, siempre hay una nueva hora, un nuevo día, un nuevo mes, un nuevo año, una nueva situación, una nueva circunstancia, una nueva oportunidad, siempre hay algo nuevo. ¡Pero tienes que verlo! Si te quedas mirando el pasado te perderás de los eventos nuevos que están pasando ahora mismo por tu presente.

Dios es un Dios de cambios y de transformaciones.

Y toda nuestra existencia está regida por los cambios y las transiciones, nada en esta vida es eterno, es sólo temporal, y más temprano que tarde verás la luz al final del túnel. Antes de cada gran amanecer siempre hay oscuridad.

Las circunstancias o situaciones que estás viviendo en este momento no son eternas, son sólo temporales, bien podría ser que estás viendo no el final de tu vida, sino el comienzo de ella, todo se encuentra en transición, en cambio, en ciclos. Todo tiene su tiempo.

- Porque en la transición hay vida, o te renuevas o mueres.

Miremos lo que dice Josué 1:1-8 RVR1960

"Aconteció después de la muerte de Moisés siervo de Jehová, que Jehová habló a Josué hijo de Nun, servidor de Moisés, diciendo: 2 Mi siervo Moisés ha muerto; ahora, pues, levántate y pasa este Jordán, tú y todo este pueblo, a la tierra que yo les doy a los hijos de Israel. 3 yo os he entregado, como lo había dicho a Moisés, todo lugar que pisare la planta de vuestro pie. 4 desde el desierto y el Líbano hasta el gran río Éufrates, toda la tierra de los heteos hasta el gran mar donde se pone el sol, será vuestro territorio. 5 nadie te podrá hacer frente en todos los días de tu vida; como estuve con Moisés, estaré contigo; no te dejaré, ni te desampararé. 6 esfuérzate y sé valiente; porque tú repartirás a este pueblo por heredad la tierra de la cual juré a sus padres que la daría a ellos. 7 solamente esfuérzate y sé muy valiente, para cuidar de hacer conforme a toda la ley que mi siervo Moisés te mandó; no te apartes de ella ni a diestra ni a siniestra, para que seas prosperado en todas las cosas que emprendas. 8 nunca se apartará de tu boca este libro de la ley, sino que de día y de noche meditarás en él, para que guardes y hagas conforme a todo lo que en él está escrito; porque entonces harás prosperar tu camino, y todo te saldrá bien".

La muerte de Moisés fue una tragedia para el pueblo de Israel, pero para Josué fue la oportunidad de asumir el mando, así que Dios le dijo a Josué, es tiempo de dejar el luto, la tristeza, la adversidad, porque es tiempo de avanzar.

Como ya dije antes, todos nosotros nos encontramos en una continua transición, y todo en esta vida obedece al cambio y al movimiento que provoca la transición. En síntesis, todo está en transición y en un continuo movimiento, porque todo tiene su tiempo y está determinado por él.

Cuando nos negamos a hacer una transición, entonces nos estancamos y empezamos a dar vueltas en un mismo lugar; lo peor de todo es que damos vueltas y vueltas, y aunque nos estamos moviendo, no estamos avanzando porque movimiento no siempre se traduce en desplazamiento. Cuando nos estancamos empezamos a morir, porque en la transición hay vida.

Transición es la acción y el resultado de pasar de un estado a otro, o de pasar de un modo de ser a otro distinto.

La transición implica y requiere de transformación, cambio, mudanza, y metamorfosis.

La mariposa primero fue un huevo, que luego pasó a ser oruga, que después fue capullo y que finalmente se transformó en crisálida. Lo que hace que la oruga coma y coma hojas de arbustos sin detenerse, es porque sabe que pronto tendrá un par de alas con las cuales podrá volar.

Sin lugar a duda Dios nos tiene en un proceso de transición y de cambio; este proceso indudablemente nos llevará a otro nivel de revelación y de entendimiento; estoy totalmente convencido que entraremos en un nuevo ciclo y en un nuevo mover del Espíritu Santo, en un tiempo en el que veremos la manifestación de la presencia de Dios, que indudablemente nos llevará a participar de una atmósfera en la cual seremos testigos del poder sobrenatural de Dios y del derramamiento de su Gloria.

Pero otro nivel, nuevo lugar, nuevo ciclo requieren de dejar lo viejo, lo desgastado, lo improductivo, los vicios, los errores y el pasado.

Todo esto requiere entonces que establezcamos orden y pongamos todo en el lugar correcto.

Pónganme atención, porque me temo que, si en este preciso momento no discernimos los tiempos, y no entendemos lo que

Dios quiere que hagamos, entonces podríamos dilatar mucho más el tiempo que nos tomará llegar a otro nivel, nuevo lugar y nuevo ciclo.

Generalmente cuando nos mudamos; cuando hacemos una transición, nos tomamos el tiempo para observar qué cosas queremos llevar con nosotros y qué cosas no, y muchas veces nos damos cuenta de la cantidad de cosas que teníamos guardadas con el pretexto de que algún día las usaríamos, pero que al final resultaron totalmente inservibles y que luego obviamente terminan en la basura. Siempre viene aquella pregunta que nunca falta: ¿Para qué vaina estaba yo guardando toda esta basura?

De la misma manera no tendría sentido llegar a otro nivel, nuevo lugar, nuevo ciclo, si no llevamos con nosotros nueva mentalidad, nueva actitud, nuevos valores, nueva estrategia, nueva visión, nuevo orden, nuevo entendimiento, nueva revelación; menos aun si no estamos dispuestos a morir en el proceso y a disponernos para ser completamente cambiados y transformados por el poder de Dios, esto es precisamente lo que representa el evangelio de nuestro Señor Jesucristo:

- El evangelio es poder de Dios para salvación, pero también es poder de Dios para transformación y para cambio.

Muy seguramente Dios nos está dejando ver todas las piezas sueltas que necesitan ser ajustadas, justo antes y no después de entrar en lo nuevo que él ya tiene listo y preparado para nosotros; lo cual quiere decir que debemos traer el orden y los cambios necesarios en este preciso momento y no después.

Estamos viviendo tiempos de cambio y de transformación, de renovación y de metamorfosis que indudablemente nos llevarán a un tiempo de transición y de gobierno.

La transición genera movimiento, genera vida, porque no existe la menor posibilidad de que ocurra un movimiento sin posicionamiento, siempre que nos movemos nos encontraremos en una posición diferente a la anterior; y la nueva posición a la vez genera nuevos cambios, porque todo tiene su tiempo de cambio.

Todo movimiento genera desplazamiento, todo desplazamiento genera posicionamiento, todo posicionamiento te permite posicionarte, el posicionarte te permite poseer y gobernar, porque nadie puede gobernar lo que no posee.

Los cambios son inevitables, porque Dios los provoca, y si no entras en el cambio, el cambio te cambia; cambias o fracasas; te renuevas o mueres, ya que, en la transformación, en la renovación y en la transición hay vida, hay crecimiento y hay fruto.

El cambio te llevará a nuevos retos que te causarán un problema, porque te forzarán a dejar la zona de confort y de comodidad en la que has estado viviendo.

Los cambios generan crisis, las crisis son buenas, porque las crisis son las que te ayudan a crecer.

Así que determínate a avanzar, a vivir tu vida intensamente, con pasión, con arrojo, con valentía, saca lo mejor de ella y prepárate para vivir un nuevo comienzo.

La vida todavía es joven, y aún te quedan muchos años por vivir.

Déjame preguntarte: ¿cuántos años tienes? No qué edad tienes, porque usted no tiene los años que ya vivió, usted tiene los años que le quedan por vivir.

Déjame te explico, si dices "tener cincuenta años", en realidad no los tienes, porque ya los viviste, pero si llegaras a morir de ochenta años, entonces tienes treinta, observe bien, treinta años es lo que te queda por vivir, entonces la pregunta que puedo hacerte es: ¿Cómo esperas vivir los próximos treinta años de tu vida? ¿Con queja? ¿Con resentimiento? ¿Con amargura? ¿Con enojo? ¿Con el mismo "tiqui - tiqui" con el cual has vivido hasta el día de hoy?

¿O los vivirás de una manera diferente?

¿Te das cuenta? Tú eres el arquitecto de tu propia vida.

Y si la vida que hasta este momento has estado viviendo no te gusta, y te desagrada, entonces para ti tengo una buena noticia: Puedes con la ayuda de Dios reconstruirla y tener una vida mejor.

Te animo entonces a conectarte con el tiempo de Dios, deja atrás lo que se quedó atrás, porque Dios para ti también tiene un tiempo señalado.

Observa que todo lo que es y existe, está regido, controlado y gobernado por el tiempo. Todo como dice la palabra del señor tiene su tiempo, y todo está en una continua transición y cambio.

Todo lo que puedes ver y observar, tiene su tiempo, los días tienen un tiempo, la naturaleza tiene un tiempo, los objetos como los zapatos, la ropa, una casa o un carro tienen su tiempo, las horas los días y los años están controlados por el tiempo.

El tiempo es vital importancia, la dimensión en la que vivimos, es una dimensión controlada por el factor tiempo-espacio, y si de esta dimensión pudiéramos sacar el factor tiempo, todo se detendría, no podríamos existir, no sabríamos qué tiempo es, no sabríamos si es tiempo de nacer, o de morir, de sembrar o de segar, si es de día o de noche, la creación misma no existiría, porque no habría día uno, ni día dos, ni día tres, no sabríamos ni de dónde venimos, ni dónde estamos, ni para dónde vamos, no tendríamos, ni pasado, ni presente, ni futuro. Estaríamos perdidos en el espacio.

Aún nosotros como seres humanos tenemos un tiempo. Eso es lo que dice la palabra del señor en Salmos 90:10 RVR1960

"Los días de nuestra edad son setenta años; Y si en los más robustos son ochenta años, Con todo, su fortaleza es molestia y trabajo, Porque pronto pasan, y volamos".

Como podemos ver vivimos en un espacio controlado por el tiempo, pero a la vez el tiempo controla el espacio, la dimensión en la cual vivimos es la tercera dimensión, y ésta está gobernada por el factor tiempo-espacio.

Pero Dios no es gobernado ni por el tiempo ni por el espacio, pero Dios puede intervenir tanto en el tiempo como el espacio en el cual vivimos y además puede alterarlo y gobernarlo, porque él es eterno, no cambia y siempre permanece fiel.

Dios maneja el tiempo, gobierna el tiempo, respeta el tiempo y cumple el tiempo. Porque todo tiene su tiempo. Aún el mismo Señor Jesucristo estaba sujeto al tiempo y al cumplimiento de él.

Gálatas 4:4 RVR1960

"Pero cuando vino el cumplimiento del tiempo, Dios envió a su Hijo…"

Todos tenemos un tiempo para llegar a esta vida, y todos tenemos un tiempo para salir de ella, pero lo más importante es reconocer en este tiempo que todos y cada uno de nosotros estamos haciendo parte del cumplimiento de un tiempo.

No solamente hemos llegado en un tiempo señalado, sino que hemos llegado a la hora del cumplimiento de un tiempo, de un propósito y de un plan divino que ya estaba preestablecido desde antes de la fundación de los tiempos.

Por esto es que usted y yo estamos aquí, estamos aquí porque fuimos llamados y para cumplir con un propósito.

No hemos venido para alcanzar un propósito, hemos venido por causa de un propósito.

Pudimos haber nacido en otro tiempo, en otra época, en otra estación, en otra centuria, en otro milenio, pero estamos aquí y ahora por el cumplimiento de un tiempo y por el cumplimiento del plan y del propósito de Dios.

Estos factores son muy importantes, porque cuando se juntó el tiempo y el espacio con el año, el lugar, y la persona correcta, entonces se dio el cumplimiento de una voluntad, de un propósito y de un destino.

Hemos sido llamados para un tiempo como este y sin duda alguna estamos viviendo en los mejores tiempos de nuestra vida personal, empresarial o ministerial; lo que viene es mucho mejor, porque cosas grandes Dios hará.

El tiempo entonces puede ser nuestro mejor aliado, o nuestro peor enemigo. Es tiempo, para un nuevo tiempo.

UN DÍA DE ÉSTOS ME VOY A IR Y TE VOY A DEJAR.

Hablando de tiempo, cuando por causa de mis travesuras llevaba a mi mamá al borde del enojo y de la desesperación, solía decirme que no me soportaba más y cuando ella se enojaba era incontenible, acostumbraba a pegarme con una correa de cuero.

En una ocasión en la escuela Marco Fidel Suarez, mi mamá recibió una nota del director de la escuela para que se hiciera presente en el plantel de educación, allí le dieron el tenebroso reporte a cerca de su hijo menor. Como el reporte no era muy bueno que digamos, mi mamá se enojó muchísimo y en su desesperación, impotencia y frustración al ver que yo no había cambiado mi comportamiento y que mis notas tampoco habían mejorado, entonces vi cara a cara aquella correa de cuero.

Otra vez fue en el patio de mi casa, mi mamá me castigó en frente de los trabajadores de la panadería, me bañó con la manguera, yo me encontraba semidesnudo y aquélla agua estaba bien fría, lo peor era ver como ellos me miraban y se reían, eso me enojaba muchísimo, creo que fue allí cuando abrí la puerta a la maledicencia y al enojo; después de esto, los trabajadores de la panadería me hacían enojar y lo hacían a propósito para que yo les insultara con palabras de grueso calibre, parece ser que como yo estaba tan niño, les parecía muy gracioso ver como yo me enojaba y les insultaba, también querían ver palabras tan grandes que salían de mi boca a tan pequeña edad.

Este incidente - sobre todo - marcaría mucho mi vida y en mi edad adulta fui de muy mal carácter, enojón, gruñón y muy mal hablado, tenía un vocabulario bastante grosero y vulgar, yo no tenía cuidado de nadie y ni siquiera consideraba la presencia de damas y niños, fui amigo de chistes verdes y entre más verdes más me gustaban; pero todo esto cambiaría en el futuro.

Cuando mi mamá se enojaba conmigo también solía decirme que un día se iba a ir y me iba a dejar porque ya no me aguantaba más.

Así el tiempo se cumplió y el día llegó. De imprevisto mi mamá y el resto de la familia organizaron un paseo a una finca cercana llamada el Corozal. Esto sucedía mientras yo todavía estaba en la escuela. La intención era mandar a un joven de quien no recuerdo su nombre para que me recogiera en la escuela y me llevara con ellos. El muchacho fue a buscarme a la escuela, pero no pudo encontrarme entre los demás niños y mientras él me buscaba entre la multitud; yo llegué a mi casa, y noté algo muy extraño e inusual, la tienda y la panadería estaban cerradas al igual que la casa; entré por el patio y no había nadie, absolutamente nadie.

Entonces como en una película pude ver en mi mente a mi mamá de pie frente a mí diciéndome:

"Un día de estos me voy a ir y te voy a dejar".

Entonces viendo el cumplimiento de tan dulce amenaza, lloré desconsoladamente al ver cómo mi mamá había cumplido su amenaza.

Finalmente apareció el muchacho que me estaba buscando, me explicó dónde estaban todos, para que me tranquilizara y me dijo que él me iba a llevar con todos ellos, que no llorara más; entonces me volvió el alma al cuerpo y se me alegró el corazón, fue muy reconfortante saber que no me habían abandonado. Antes de salir me mojé la cara con abundante agua fría, para que no notaran que había estado llorando; ¡claro! Lloré como la Magdalena. Al llegar donde todos estaban, mis ojos hinchados y mi nariz roja me delataron y la pregunta fue:

¿Estuviste llorando?

Pese a las pruebas irrefutables que demostraban que sí había estado llorando, respondí que no, pero al final terminé teniendo un buen día.

ORINAR POR EL BALCÓN

Mi casa tenía tres grandes habitaciones en el segundo piso, éstas quedaban frente a la calle principal, en total eran siete las ventanas; la vista desde allí era panorámica y se podían contemplar las veredas y las montañas que estaban hacia este lado del pueblo. Por éstas ventanas podíamos "tribuniar", así se le llamaba a la acción de pararse en la ventana por largos periodos de tiempo y mirar la gente pasar, y de paso poder enterarse de todos los acontecimientos y pormenores que ocurrían en la calle; como éstas ventanas también estaban formadas por barrotes de madera, la vista era mayor y considerando que como yo tendría unos seis años de edad, me paraba en la parte media de la ventana, sacaba la cabeza y disfrutaba del panorama, este pasatiempo era muy agradable y me enseñaba de primera mano los primeros rudimentos del chisme.

Mirar por la ventana era muy divertido, pero la mayor tentación era poder orinar desde allí y ver caer el chorro de orines hacia abajo, el único problema es que justo debajo estaba la tienda-panadería de la familia, y el flujo de clientes era bastante; pero un día cedí a la tentación y, ¡vaya satisfacción! Mi sueño se estaba haciendo realidad, pero cuando empecé a orinar salía una niña a la cual bañé de pies a cabeza; el susto y el regaño fueron grandes y así terminó mi osadía, y aunque no supe quién era aquella muchachita ya que rápidamente me entré "para no ser visto", por supuesto no iba a quedarme allí parado para ver de quién se trataba y tampoco tuve el coraje de poner mi cara por el temor a ser reconocido.

MIS AMIGOS

Tenía en ese entonces una gran cantidad de amiguitos bien interesados, me amaban mucho, pero ese amor era amor por pura conveniencia.

Eran ellos los que buscaban mi amistad, ya que la panadería y la tienda estaban llenas de golosinas que les hacía agua la boca, por no decir que la mía también.

Ellos me pedían galletas y dulces, que obviamente me convertían en ladrón; para poder satisfacer sus pedidos y demandas lo tenía que hacer a escondidas de mi mamá y de mis hermanos; la golosina que estaba en el primer lugar de la lista de peticiones era la leche condensada. Una vez superados los obstáculos para llegar a ella, nos buscábamos un clavo y una piedra y después de hacerle dos hoyos al tarro de leche, empezaba la chupadera, que debía hacerse por turnos, este precioso tarro de leche condensada pasaba de boca en boca hasta saciar las ansias de por lo menos ocho niños que nos peleábamos el turno de chupar y no faltaba el reclamo al que estaba chupando, ya que a nuestro criterio se estaba demorado mucho succionando la preciosa leche.

Estas malas influencias, se hacían más demandantes y exigentes; un día me robé el dinero que mi madre tenía bien guardado y que estaba destinado para cubrir, entre otras cosas, el colegio de mi hermana Amparo; tomé todo el dinero sin saber cuánto era y a mis siete u ocho años, no sabía calcular cuánto dinero podría haber en un fajo de billetes.

La cantidad de aquel fajo de dinero resultó ser tan generosa, que alcanzó para invitar a todos mis amiguitos; me los llevé para una tiendita en la parte alta de pueblo, era una zona bastante pobre y se le conocía con el nombre de la plazuela, no supe cuánto dinero tenía conmigo hasta el momento de pagar; por poco vaciamos la tienda de aquel hombre; creo que su mejor venta fue ese día; pagué por todos los refrescos y golosinas que cada uno consumió y todavía me quedaba mucho dinero en el bolsillo, fue en ese momento que un trabajador de la panadería pasó por allí y me vio haciendo las veces de tío rico y por supuesto, el metido se lo dejó saber a mi mamá, la cual nada contenta me dijo que me había gastado parte del dinero que en su totalidad eran 240 pesos y que me los iba a sacar del trasero, cosa que a continuación llevó a cabo con mucho enojo, todavía recuerdo las marcas de la hebilla de metal de la correa de cuero en mis piernas y en mi trasero.

Mi mamá era la que siempre me castigaba, mi papá no lo hacía y ese día por primera vez le dio vuelta a la correa y me dio con la hebilla una azotada tan tremenda, que cincuenta y pico años después, todavía me duele.

Lo que más me dolió fue ver a todos mis "amigos" abandonándome, aquéllos que me aclamaban y me victoreaban, me dejaron solo en el momento en el que más los necesité. Allí aprendí la lección que enseña el interés, no en vano el dicho dice: ¿interés cuánto vales?

HUMO HASTA POR EL PELO

Era tradición que la escuela celebrara el día del niño, esta era una festividad que se tomaba toda una semana con diferentes actividades; la más esperada era la del viernes, pues este era el día del paseo, nos llevaban a un lugar a campo abierto y muy amplio donde se podía jugar, contaba con las delicias de un río, además disfrutábamos de los fiambres que nuestras mamás nos empacaban para el almuerzo.

Presionado y mal influenciado por unos "amigos" que ya querían sentirse hombres y yo también con ellos, hice algo de lo que me arrepentiría por un largo rato. Éramos solo unos niños, tan sólo contábamos con unos nueve años; y estos "amigos" me propusieron que me robara de la tienda de la familia unos paquetes de cigarrillos. Había una marca que se vendía mucho y era de esos que no tenían filtro. La marca era "piel roja" y así literalmente nos quedó la piel después de fumarnos cuatro paquetes, eso fue lo que logré sacar a escondidas y nos los fumamos entre cuatro o cinco muchachos. Estos paquetes de cigarrillos nos los fumamos tan sólo en la ida al lugar donde supuestamente tendríamos el día más divertido de nuestra fiesta; al llegar al lugar de destino ya habíamos quemado todos y cada uno de esos cigarrillos, y por supuesto todos estábamos borrachos por la nicotina, nos dolía la cabeza, teníamos episodios de vómito y nos salía humo hasta por el pelo.

Esta experiencia a tan temprana edad hizo que al menos yo le cogiera un profundo odio al cigarrillo y nunca fui adicto a este vicio que además de absurdo, no tiene sentido, pues creo que, si Dios hubiese querido que el hombre fumara, nos habría instalado una chimenea.

Creo que Dios diseñó al hombre de una manera tan perfecta y con un diseño tan práctico, que el hombre puede vivir sin necesidad de ningún vicio.

UN PADRE PRESENTE, PERO AUSENTE

Mi niñez seguía su curso, excepto por un detalle, viví con un padre presente, pero ausente, que vivía bajo el mismo techo en el cual yo vivía, pero que no tenía una relación de padre conmigo, aunque yo sí notaba que mi papá se relacionaba con mis demás hermanos, la razón de esto me la dejó saber mi propia mamá cuando yo estaba por mis treinta y cinco años.

Según ella, cuando vivíamos en Nariño, en el año 1957, un año antes de que yo naciera, y viviendo en una finca de nombre "la coca", ¿recuerda?

Mi mamá tenía cuarenta y un años, había tenido ya veintiún hijos y quedó embarazada de su hijo número veintidós. Creo que ella no estuviera muy interesada en tener otro hijo más, ni tampoco saltó en un solo pie de la dicha y de la alegría de estar esperando uno más, pero allí estaba yo formándome en su vientre.

Las circunstancias en las cuales ocurre este embarazo son muy peculiares y es allí donde está el meollo del porque mi papá no se relacionó conmigo o no hubo lo que podemos llamar un ejercicio directo de la paternidad, aunque debo aclarar que mi papá no fue un mal hombre, fue una persona de buenas y sanas costumbres y nunca me maltrató.

Mi mamá lavaba la ropa en el río, obviamente no tenía las comodidades que la tecnología ofrece hoy en día a las madres modernas, en otras palabras, para esa época la lavadora y la secadora eran ciencia ficción; así que cuando mi mamá lavaba la ropa, lo hacía en el río, y necesitaba que alguien que le ayudara a cargar con la ropa, tanto en la ida al río, como en el regreso a la casa.

Quien le estaba ayudando en ese momento era un jovencito de unos dieciséis años, así que cuando mi mamá le dio la noticia a mi papá del nuevo embarazo, él se lo atribuyó al jovencito que le ayudaba a mi mamá con la ropa y le dijo a mi mamá que el hijo que esperaba no era de él, sino de este muchacho; ella pues más que ofendida y dolida, castró la paternidad de mi padre y tomó la decisión de impedirle toda relación conmigo. Al llegar el momento del parto, mi padre pensó que ya todo estaba bien, sanado y olvidado, pero se dio cuenta que la herida de mi mamá todavía le supuraba, porque cuando mi papá quiso verme, mi mamá le dijo: "No lo vea que no es hijo suyo. No lo toque, que no es hijo suyo. No lo cargue, que no es hijo suyo".

Quiero decir que no hubo una enemistad entre mi papá y yo, ni tampoco lo odiaba; pero si había una relación distante. Lo que sí quiero decir es que no hubo un ejercicio práctico y sano de la paternidad como tal, aunque mi papá y mi mamá dormían en cuartos separados.

Seguí creciendo, desarrollándome y esperando a que el ejercicio de tal paternidad se diera, llegué a pensar que esto sucedería quizás cuando yo estuviera un poco más crecido, o llegara a mi mayoría de edad, ya que notaba que mis hermanos mayores se relacionaban con mi papá y mi papá con ellos, y pensaba que tal vez cuando yo adquiriera la edad de ellos la cosa sería distinta, pero no fue así.

Un día, el cual recuerdo muy bien, era un sábado del 19 de abril de 1969, (estaba yo próximo a cumplir mis once años), mi hermana Margarita, la mayor de mis hermanas, me dijo que fuera al cuarto de mi papá y le pidiera el dinero para hacer las compras, ese día era el día de mercado en el pueblo.

Cuando llegué al cuarto de mi papá lo encontré recostado en la cabecera de la cama, con una expresión de temor en sus ojos y una mueca de dolor en su rostro, sus puños estaban cerrados y su cuerpo estaba muy frío, lo llamé, pero el viejo no respondió y fui corriendo a decirle a mi hermana que mi papá no respondía, que estaba muy frío y que parecía muerto, fue ella la que confirmó que él había muerto; mi papá había sufrido un paro cardíaco fulminante que le puso fin a su vida.

La conmoción fue total, la tristeza y el dolor invadieron mi corazón y toda la casa se estremeció ante este hecho, acto seguido fui a la casa de mi hermano Horacio a quién le di la triste noticia.

Mi papá y mi mamá no dormían juntos, y así lo recuerdo desde que tengo uso de razón.

Mamá dormía conmigo, en camas separadas pero en el mismo cuarto, papá lo hacía en un cuarto de la casa; él tenía por costumbre acostarse a eso de las 10 de la noche, su cuarto tenía una puerta con la que se podía comunicar con el corredor principal de la casa, y a la vez este cuarto poseía una pequeña abertura que daba acceso a la sala, a través de la cual se debía pasar un poco agachado, ya que la altura de esta abertura era como de 1 metro con 20 centímetros, no poseía puerta y estaba cubierta por una cortina de tela, recuerdo que el estampado de esta tela era de flores.

Al llegar la noche antes de su muerte, mi papá entró por esta abertura, cerró la puerta que daba al corredor, la cual tenía dos candados internos, él cerró el candado que estaba a la altura de su cabeza y cuando se agachó a cerrar el candado que estaba a la altura de sus rodillas, parece que se mareó, se sentó en la cama, alcanzó a quitarse los zapatos y se recostó en el espaldar de la cama, esperando a que se le pasara el malestar y allí, sin previo aviso, su vida fue reclamada y no pudo levantarse más.

MAMÁ NO ESTABA EN CASA

Recuerdo también que mi mamá no estaba en casa, ella había viajado a visitar a mi tío Francisco, quien vivía en la ciudad de Medellín, en esa época eran siete horas de camino en bus. Llamamos al tío y cuando nos comunicamos con él, nos dejó saber que mi mamá ya había salido de regreso a su pueblo y no había manera de darle la noticia. Por su parte el tío tuvo que regresarse a la terminal de transporte donde había dejado a mi mamá para tomar un bus y seguir las huellas de mi madre, quién en la tarde de ese mismo día estaba llegando a una población llamada "La Virginia" distante a una hora de Santuario.

A esa hora la noticia de la muerte de mi papá había corrido como pólvora, cuando mi mamá llegó a esta población, lo hizo dejando notar que todavía no se había enterado de la noticia, ya que ella era una mujer muy alegre dicharachera y bromista, lo cual obviamente cambió cuando le preguntaron que, si era que ella no sabía de la noticia de la muerte de don Antonio, así fue como ella se enteró del deceso de mi padre.

Para ella fue terrible haber perdido al compañero de tantos años, pero lo que más le dolió fue no haber estado en casa con el viejo cuando esto pasó; por muchos años ella vivió con este sentimiento de culpabilidad.

Aunque ellos no dormían juntos y cada uno tenía su cuarto por separado, si vivían bajo el mismo techo y comían en la misma mesa; como no tenían una buena relación, ni una buena comunicación, esto los había llevado a vivir en divorcio, aunque no firmaron un documento que certificara dicho estado.

En cuanto a mí, sentí mucho enojo con mi papá, lo juzgué y lo condené por haberse muerto, lo que me peguntaba era:

¿Cómo es que a éste se le ocurre venir a morirse en el momento en que yo más lo necesitaba?

Fue allí donde pensé que vivir ya no tenía sentido, me vi sin futuro y recuerdo que me dije que ya no valía la pena seguir estudiando, y creo que fue allí donde sin darme cuenta renuncié a la posibilidad de estudiar, no le di valor al estudio y por ende no fui un estudiante sobresaliente. En secundaria o bachillerato tuve que repetir el segundo grado, no terminé mis estudios y no acepté graduarme, pues me retiré del sexto grado faltándome tres meses para terminar.

Con la muerte de mi papá se despertaron sentimientos en mí que no me permitían tener un buen concepto de mí mismo, y las palabras: "No soy capaz", "no puedo", "no sirvo para nada" … eran bien frecuentes en mi vocabulario.

Recuerdo que, a mis catorce años, Guillermo quien es mi hermano mayor, dicho sea de paso, es mayor que yo veintidós años, me dijo:

El tomacorriente donde mamá conecta la plancha está malo y hay que cambiarlo.

Así que puso un tomacorriente nuevo y un destornillador en mis manos y me encomendó la tarea de cambiarlo, a lo cual le respondí rápidamente:

"Yo no soy capaz de cambiarlo".

Bendigo a mi hermano Guillermo por la respuesta que me dio, porque esa respuesta me ayudaría muchísimo en cómo me vería y en lo que yo podría hacer el resto de mi vida.

La respuesta fue:

"Si usted no es capaz de cambiarlo, busque un hombre para que lo cambie".

Salí pues dispuesto a buscar un hombre que hiciera aquel trabajo, pero cuando hube caminado unos 15 pasos, me detuve y me dije:

"Pero si yo soy un hombre".

Y decidí cambiar el tomacorriente, lo cual hice y me quedó muy bien. Años atrás los alambres por donde fluye la energía eléctrica no estaban dentro de las paredes como lo vemos hoy, sino sobre ellas, todas las instalaciones eléctricas, alambres, interruptores y tomacorrientes se podían ver sobre las paredes.

El haber hecho este trabajo tan simple y elemental me llenó de mucha satisfacción y pude ver que yo podía hacer cosas, que yo era capaz, este fue el principio de muchas otras labores. Las tareas que se me encomendaron posteriormente me dejaron descubrir talentos, dones y habilidades que yo mismo no sabía que poseía y por las cuales hoy día la gente que me conoce como el todero, me le mido a casi todo, obviamente a todo lo que esté a mi alcance. Mi esposa dice que, si se puede arreglar, yo lo puedo hacer.

RODRIGO ¿RELOJERO?

También Carlos, otro de mis hermanos mayores, fue un instrumento en las manos de Dios para determinar mi futuro, era él quien siempre me daba lo que en esa época llamábamos "la ración" y esta consistía en unos cuantos pesos, que cada ocho días el de muy buena gana ponía en mis manos y me alcanzaban para ir a un cine y para tomar un refresco con mis amigos.

Carlos había estudiado relojería por correspondencia, y desde México le llegaban todos los folletos necesarios para hacerse relojero, a través de una escuela que se llamaba "Polimex school".

Un día mi mamá le dijo a Carlos que no me diera más la ración que me estaba dando, que mejor me enseñara a trabajar, porque si yo seguía así no iba a servir para nada.

Fue entonces que Carlos empezó a enseñarme el oficio de relojero y trabajé con él por algunos años.

A mis catorce años este trabajo me enseñó responsabilidad, aunque no era un trabajo muy técnico y apenas si aprendí lo básico en cuanto a la reparación de relojes.

Carlos tenía su relojería en uno de los locales que le pertenecía a la iglesia católica, y estaba justo después de la capilla donde se oficiaban las misas. Este era un local pequeño y de dos pisos. Él ocupaba la parte baja y en la planta alta funcionaba una dentistería. Ambos negocios tenían una misma puerta, eran dos negocios que compartían un mismo local. El primer piso era de loza y estaba a nivel de la calle, pero al fondo del local había un desnivel que formaba una escala como de unos 80 centímetros de alto, así que tres cuartas partes del local eran a nivel y un cuarto de él era más bajo. Mi hermano quiso sacar el mayor provecho de este inconveniente y extendió el nivel del piso colocando una base con tablas, así que en el piso de loza puso la mesa de relojería que era donde regularmente se sentaba y reparaba los relojes y sobre la madera colocó la silla en la que se sentaba.

Un sábado en las horas de la tarde llegué a su lugar de trabajo con el propósito de pedirle la ración y miré hacia adentro para ver si el andaba por ahí, cuando miré hacia adentro, vi los zapatos de Carlos que pasaban por el aire y entonces deduje que él había corrido mucho hacia atrás la silla en la que se sentaba, la cual se le había salido de la base de madera, lo cual implicaba que mi hermano se había caído y que quizás estaba herido y necesitaba ayuda. El problema es que cuando yo vi los zapatos volar por el aire, inmediatamente lo relacioné con las tiras cómicas de condorito, porque eso era lo que pasaba a este personaje cuando por la risa se caía y sólo se le veían los zapatos. La risa no se dejó esperar y yo estaba riéndome hasta más no poder, claro está, sin que mi hermano me viera, pues si notaba que me estaba riendo se iba a enojar y yo no iba a ver ningún billete. Por otro lado, pensaba que él podía estar golpeado y no sabía si estaba herido, pero no podía entrar hasta que se me calmara la risa, finalmente entré, él ya estaba sentado de nuevo, pero muy molesto por la caída, le pregunté si se había caído y si se había hecho daño, y muy enérgicamente y con mucho enojo me contestó que no, y sin mediar más palabras me fui, aunque sin la ración que iba a poner dinero en mis bolsillos.

Lo primero que Carlos hizo fue enseñarme a reparar relojes despertadores; empecé a ganar algún dinero reparando este tipo de reloj. Estos relojes eran los que tenían dos campanas y que sonaban como alarma de incendios. Creo que muchos de los ataques cardíacos que ocurrían en la madrugada muy seguramente eran causados por el susto que estos despertadores causaban en los usuarios. Eran tan buenos para despertar que generalmente despertaban también a todos los vecinos. Posteriormente aprendí a reparar los relojes de mesa y de pared, y finalmente los relojes de cuerda y los automáticos.

Fue años después que me di cuenta que lo que yo sabía de relojería era prácticamente nada, lo descubrí cuando al vivir en New

York trabajé con un italiano, quien compraba relojes viejos, los reparaba y luego los vendía. Trabajé con él cómo dos meses, pero no le di la medida, pues de cada 20 relojes que yo le reparaba, me regresaba 18 para garantía. Todavía me parece verlo parado frente a mí con cara de pocos amigos y diciéndome: ¡Noni bueno, Noni bueno!

Tiempo después fue mi hermano Martin quien me enseñaría más técnicamente el oficio de reparar relojes.

ADOLESCENCIA Y JUVENTUD

Fui lo que se puede llamar un muchacho bonachón y buena gente, los que si eran tremendos eran casi todos mis amigos por no decir todos, el licor y la marihuana estaban al orden del día.

El licor nunca fue mi fuerte, no me gustaba ni el olor ni el sabor, además tenía cierta alergia a los etanoles, una condición que me produce calor en el cuello y cabeza, con picazón y enrojecimiento de la piel; y ni hablar de la borrachera que me produce el consumir tan sólo tres tragos, más el acostumbrado vomito que me puede durar hasta dos días.

La marihuana ya de plano estaba descartada por lo del humo y el olor tan nauseabundo que la caracterizan.

Cuando me reunía con mis amigos no había fuerza humana que me hiciera probar la marihuana, ni siquiera la insistencia e insinuaciones de cada uno de ellos.

Tampoco fui mujeriego, a decir verdad, la inocencia era bastante y el tema de mujeres para esta época sólo se tocaba bien entrado en la juventud, y cuando esto sucedía la opción más rápida era el contacto con una prostituta y yo les tenía temor, no sé el porqué de este temor, pero pienso que era algo que Dios ponía en mi corazón para que me apartara de estas prácticas que sin duda alguna habrían atado y contaminado mi vida.

Estoy seguro de que Dios tenía un plan trazado para mí y todo esto no era más que su gracia, favor y misericordia haciendo un cerco alrededor de mí para guardarme.

MIS QUINCE AÑOS

Para este tiempo habíamos dejado la "casa vieja" en la que murió mi papá. Mi hermano Horacio construyó una casa a la que nos mudamos. Esta era una casa doble que ocupaba toda la segunda planta, con un pequeño patio en medio de ellas que las hacía independientes. La que quedaba frente a la calle era su propia casa y atrás estaba la que ocupábamos con nuestra madre y en el primer piso había puesto la panadería, la cual era mucho más grande y moderna que la anterior.

Todo jovencito que se respete espera tener una buena fiesta de quince y yo no iba a ser la excepción.

Por esta fecha me puse de acuerdo con unos amigos para hacer algo para el día de mi cumpleaños, y no podía faltar el licor, era lo que ellos decían, pero ante la falta de billete se me ocurrió la fabulosa idea de hacer chicha, esta es una bebida que se elabora con cáscaras de piña como materia prima y a la cual se le agrega panela; la panela era una pasta dura y dulce que se extraía de la caña de azúcar.

Estos ingredientes se colocaban en un recipiente con agua y normalmente se enterraban por lo menos cuatro semanas; como yo no tenía donde enterrarlo, conseguí dos frascos de vidrio como de un galón de capacidad, en los que venía la mayonesa para el consumo en la panadería, y como estos grandes frascos tenían cada uno su buena tapa, pensé que serían los prefectos para mi proyecto de chicha casera. Me dispuse entonces a desarrollar mi proyecto y una vez que puse todos los ingredientes en los recipientes, los tapé bien y me aseguré que quedaran bien cerrados. ¡Vaya error! Porque la chicha se debe poner a fermentar, pero el envase no debe quedar herméticamente cerrado.

Este no sería el único error, el segundo fue poner los frascos de la famosa chicha dentro del techo de la casa. Este era un escondite perfecto y reservado; mi mamá "nunca" se daría cuenta de la existencia de la chicha, pero una cosa piensa el burro y otra el que lo está ensillando.

El error de poner la chicha dentro del techo fue garrafal ya que allí hace un calor infernal y esto fermentaría aceleradamente el jarabe de piña. El error se incrementaría aún más, porque el lugar que escogí inocentemente estaba justo encima del cuarto de mi mamá y su cama se convirtió en el blanco perfecto. Un día - del cual no quiero acordarme - marcando las cinco de la mañana en el reloj, se escuchó una explosión que sacudió a todos en casa. Nadie podía explicar la causa de aquella explosión, mientras todos nos preguntábamos que sería lo que había producido aquel estallido, mi mamá salía de su cuarto completamente empapada de chicha y de su característico olor a alcohol vinagroso. Ella tenía una expresión en su cara de pocos amigos y se le podía notar el deseo de matar a alguien; así que como un rayo desaparecí de la escena y mi boca se quedó tan herméticamente cerrada como la de los frascos de vidrio… así que no se supo a ciencia cierta quién pudo haber puesto aquel explosivo dentro del techo de mi casa; y allí terminó mi carrera como aprendiz de terrorista.

Mi cumpleaños terminó por ser uno común y corriente donde nos conformamos con una torta y unos refrescos y ninguno de mis amigos se atrevió a tocar el tema de la chicha, al menos en presencia de mi mamá, por el riesgo de morir degollados por ella.

Entre mis amigos se encontraba una jovencita que se llamaba Luz Elena, quien posteriormente se convertiría en mi primera novia por carambola; ella era hermana de María Inés, y ella era la que de verdad me interesaba, pero siempre fui muy tímido con las mujeres y no sabía cómo abordarla. Yo era lo que se podía llamar un excelente piloto, pero no sabía cómo aterrizar el avión. Yo sobrevolaba el objetivo, daba vueltas y vueltas, hasta que se me acababa el combustible y terminaba por estrellarme contra las montañas de la cobardía y de la frustración. Luz Elena era mi amiga y asumí que, por ser mi amiga, ella me ayudaría haciendo las veces de puente para llegar a su hermana. Cómo les dije, di tantas vueltas para aterrizar el avión en la pista de María Inés, que cuando me estaba disponiendo para pedir pista, otro avión ya estaba aterrizando; se trataba de uno de mis amigos, su nombre era Carlos Castaño y fue él quien me salió adelante y no quedó de otra que seguir saliendo con quien no estaba en el plan de vuelo.

Como dato curioso quiero mencionar que cuando empecé a salir con Luz Elena, fue ella misma quien me contó de un incidente que le sucedió cuando ella era una niña, que me hizo pensar que este mundo es bien pequeño y nada se queda oculto.

¿Recuerda aquella vez que siendo un niño y queriendo orinar por una de las ventanas de mi casa terminé orinando a una niña de pies a cabeza? Pues se trataba de Luz Elena y ahora estaba saliendo con ella pasando la vergüenza de mi vida entre risas y disculpas mías; no podía creer que eso estuviera ocurriendo.

Decía mi hermano Carlos: "ella se había venido detrás del olor".

Estos pequeños incidentes de la vida que a veces nos hacen decir: ¡No puede ser! Nos recuerdan que nada queda oculto entre el cielo y la tierra y que tarde o temprano todo quedará al descubierto, aun cuando creamos que nadie nos vio o que nunca podremos ser reconocidos.

LA PASIÓN POR LAS MOTOS

Por mis dieciocho años, mi hermano Guillermo adquirió una motocicleta Honda 350cc del año 1969. Una tarde me dio un curso acelerado de cómo manejar una moto, me dijo:
"Este es el freno, este es el acelerador y aquí están las llaves, se fue… y me dejo allí parado".
Así que tuve que practicar lo que había visto hacer a mi hermano. Esa misma tarde aprendí a manejar moto; tiempo después se me presentó la oportunidad de comprar una moto y compré mi primera motocicleta, era una Yamaha Furia con un motor de 80cc del año 1976. Algunos decían que parecía más un triciclo que una moto, pero en fin era mi primera motocicleta y yo estaba dispuesto a gozármela al máximo.

Me uní al grupo de motociclistas y salíamos para toda parte, el único problema era el alcohol y la marihuana que no eran muy buenos compañeros y que mis amigos no estaban dispuestos a dejar.

Un día estuvimos en la finca de uno de los papás de un amigo, de regreso al pueblo nos abrazó la noche, veníamos cada uno en su moto y algunos con acompañante. Entre ellos estaba uno que le apodábamos "mico flaco", le decíamos así por su espléndida musculatura, era tan flaco que se le podía tomar una radiografía con una vela; este en particular era un loco de cuidado, sobre todo porque para la marihuana era único, no había quien le siguiera fumando esta hierba, los demás también hacían lo mismo y la mezclaban con alcohol, otro que también le seguía de cerca era mi amigo Marino Mejía.
Veníamos a unos cincuenta kilómetros por hora, uno de tras de otro en fila. De repente y sin previo aviso, Marino en medio de su traba y borrachera gritó:
¡Alto es una orden! Acto seguido paró su motocicleta de inmediato y sin previo aviso.

Yo estaba detrás de él y como yo era el único sobrio, pude maniobrar y evitar el impacto, los otros no corrieron la misma suerte y uno tras otro se iba chocando en un efecto tipo dominó.

Ayudé a recoger a los heridos, algunos se habían salido de la vía cruzando por encima de los alambres de púas que la cercaban. Muchas de las motos se dañaron, una de las más dañadas fue la de mico flaco; quedó sin tacómetros, sin direccionales, sin luces y los guardafangos estaban en el piso; de pronto, mico flaco le dice a Marino:

"¡Gracias Marino, yo estaba pensando en quitarle todas esas cosas a mi moto!"

Al final llegamos al pueblo donde a la luz pudimos apreciar más de cerca los daños de las motos y los moretones de cada uno de ellos, pudo ser más trágico, pero no hubo nada grave que lamentar.

Otro día se organizó un viaje al volcán nevado del Ruiz cerca de la ciudad de Manizales y estábamos todos los motociclistas del pueblo invitados. Yo me agregué al grupo que era como de unos diez y no me recibieron muy bien porque mi motocicleta era muy pequeña y dudaban que me pudiera llevar hasta el destino señalado, alegando que el pequeño motor no pasaría la prueba del frío; pero yo insistí y al final estaba metido en el grupo. El día llegó y tuve la idea de llevar fibra de vidrio para cubrir el motor de mi motocicleta para protegerlo cuando empezara a hacer frío, y así lo hice.

Cerca del volcán nevado el terreno se empinó mucho más y vendría la prueba de fuego; todas las demás motos se quedaron en el último tramo del camino siendo afectadas por el frío y la altura, mientras que la mía fue la única que llegó hasta el final; la experiencia fue fabulosa y extraordinaria, ya que para casi todos esa clase de frío y la nieve era algo nuevo, pero maravilloso y espectacular.

El regreso fue otra cosa. Como no conocíamos este clima y no estábamos habituados a él, no nos fuimos muy bien preparados, apenas si llevábamos un suéter o un abrigo liviano; al regresar era ya tarde, el viento y el frío se intensificaron y sentíamos que nos estábamos congelando. Nos quitamos las medias y las usamos como guantes, pero nuestros pies pagaron el precio, más adelante la situación mejoró a medida que entrábamos en territorio más cálido, pero al llegar la noche; nos encontrábamos cansados y con hambre, así que paramos en un restaurante, pedimos comida y al terminar estábamos todos menos dos compañeros. Uno era un muchacho de nombre Nevardo Ramírez y el otro era Fernando Muñoz al que apodamos "mico flaco". Una hora después de esperar por ellos nos regresamos para saber qué había pasado y los encontramos en una curva donde se habían caído con moto y todo; lo que sucedió es que mico flaco por causa del accidente anteriormente relatado su moto no tenía luces ni tacómetros, era solo el marco, el tanque de gasolina y el motor, y le había dicho a Ramírez que como ya estaba de noche, que manejara despacio que él lo iba a seguir y que él se guiaría por la luz del stop de su moto; parece ser que en esa curva Ramírez perdió el control, se salió de la carretera y mico flaco siguió la luz del stop hasta el fondo del precipicio. Afortunadamente no hubo nada que lamentar, sólo unos cuantos moretones y unos hierros torcidos. Reiniciamos nuestro camino y llegamos a Santuario en las horas de la madrugada, cansados pero con una alegría muy grande por la experiencia vivida, la cual se haría inolvidable.

LA VENGANZA TARDÍA

Por los días de escuela, en el segundo grado de primaria, mi hermano Carlos me había regalado un anillo de oro y un reloj de cuerda, su marca era "invencible". El reloj tenía un aspecto bellísimo, su fondo era de nácar y enchapado en oro. Por supuesto, era mi mayor tesoro; con él alardeaba con mis demás compañeros, pues no todos tenían el privilegio del que yo estaba gozando, en ese momento creo que estaba por mis ocho años.

Yo estudiaba en la escuela Marco Fidel Suárez. Esta institución era la más grande del pueblo y tenía dos pisos; una tarde escuché una pelea entre dos alumnos; la pelea se desarrollaba de la siguiente manera:

Uno de los contrincantes estaba en una de las ventanas del segundo piso de la escuela y el otro en la calle, ambos vociferando insultos y palabras de calibre mayor que iban y venían con la velocidad de la luz. Como yo me encontraba en el segundo piso y pasaba por allí, la curiosidad hizo presa de mí y queriendo ver quién era el que se encontraba en la calle, me asomé por la ventana. Ese era justo en el momento en que una piedra venia en pleno vuelo y pidiendo pista para aterrizar, así que la piedra aterrizó en mi bello reloj, y me le quebró la mica (la mica es el plástico que cubre el reloj y que hoy en día hace las veces de cristal), a partir de ese momento, la pelea tomó un giro inesperado y yo entré a terciar, ahora éramos dos contra uno; no sé cuántas cosas le grité a ese muchacho, pero sí sé que le grité unos cuantos insultos y le dije hasta del mal que su madre iba a morir.

Al final de todo volví a mi casa, y no supe quién era aquel muchacho que de una pedrada me había dañado el reloj. Sé que era campesino, el tiempo pasó y nunca más recordé este acontecimiento, parece que lo dejé archivado en la caja del olvido; hasta cuando cumplí mis dieciocho años y entonces aquella caja se abrió de nuevo.

Estaba yo en la plaza del pueblo, era un sábado en horas de la tarde, de repente alguien se me aproximó y puso un brazo por encima de mi hombro; cuando me abrazó, pude sentir que a la altura de su cintura tenía un arma, y me dije: "¡este tipo esta armado!"

Seguidamente me dijo que él y yo teníamos una venganza y que ese sería el día de arreglar cuentas; al mirarlo a la cara, reconocí que era un muchacho de apellido Hurtado, con cuya familia teníamos una muy buena relación y varias veces habíamos visitado la finca de sus padres.

El hombre estaba borracho, le contesté que yo no recordaba haber tenido ningún problema con él, ni reciente ni en el pasado y que no entendía la razón del querer arreglar cuentas conmigo; me dijo que sí, que cuando yo tenía como siete u ocho años él me había quebrado mi reloj de una pedrada; este hombre me refrescó completamente la memoria de un evento que ya ni recordaba. Entonces traté de calmarlo y le dije que eso era cosa de niños y que no valía la pena pelearnos por cosas del pasado, pero él estaba empecinado en cobrar su venganza, así que me llevó hasta el extremo de una de las esquinas de la plaza, cuya calle finalizaba en una pendiente bastante pronunciada, y allí de espaldas a aquella calle, esgrimió el arma que tenía entre los pantalones, resultó ser un machete que tal vez tenía unos cincuenta centímetros de largo, pero que a mi parecer era de unos tres metros de largo, y antes de que hiciera blanco en mi humanidad, lo empujé con todas mis fuerzas calle abajo, el hombre rodó, pero no me quedé para ver hasta dónde y más rápido que veloz, corrí hasta mi casa donde conté lo ocurrido. Afortunadamente obtuve el apoyo y el respaldo de mi hermano Guillermo, Él tomó cartas en el asunto y una vez que habló con el papá del muchacho el asunto quedó resuelto.

Años después de este inusual encuentro supe que este mismo muchacho fue tristemente asesinado en otro incidente con otra persona.

Volviendo a mi edad presente, quiero hacer notar que me llama grandemente la atención que ni los meses, ni los años transcurridos, ni la madurez que de alguna manera éste joven adquirió por el solo hecho de haber crecido y haber llegado a otra edad y etapa de su vida, lograron apagar aquella sed de venganza; sólo puedo imaginar aquel momento en el que siendo aún un niño él abrió su corazón a tan terrible sentimiento de venganza y tal vez pasó por su mente la idea de nunca olvidar aquel acontecimiento y de hacer que en cualquier momento yo pagara por todo aquella rabia, ira o enojo, del cual yo no era responsable.

¿Por qué digo que yo no era responsable? Elemental mi querido Watson, porque todos nosotros somos responsables por las emociones y por los sentimientos que tenemos y que guardamos, o manejamos dentro de nuestros corazones.

Me explico: yo soy directamente responsable por el enojo, la ira, el resentimiento o cualquier otro sentimiento que tenga arraigado en mi corazón, nadie más es responsable por esto, solamente yo.

Yo no soy responsable por los sentimientos que otra persona albergue en su corazón, esa persona lo es. Con esto en mente, puedo decir que es una mentira cuando culpamos a otros por lo que nosotros tenemos adentro.

Por años le eché la culpa a mi esposa por los sentimientos que yo guardaba,

Con palabras como: "es que tú me haces enojar" o "tú tienes la culpa de que me de ira". No, ella no era culpable, ¡claro que no!

Lo que sucede es que cuando tenemos diferencias o malentendidos en los cuales afloraban nuestros sentimientos y emociones, entonces esos incidentes o circunstancias lo que hacen es sacar a la superficie el enojo, la ira y el resentimiento que cada uno de nosotros tiene dentro del corazón, entonces no era mi esposa la que me hacía enojar. Era que las circunstancias o los acontecimientos que estaba viviendo en ese momento, hacían que el enojo que yo traía en mi corazón y que muy posiblemente estaba allí desde que yo era un niño, salía a la superficie y se hacía notorio.

Pero buscando evadir mi responsabilidad por lo que yo tenía dentro y que obviamente no me gustaba para nada; buscaba sobre quién poner la responsabilidad, mi esposa a mi modo de ver era perfecta para que cargara con todo esto; por aquello de que alguien más debía ser el culpable y ella estaba ahí para pagar por los platos rotos.

La palabra de Dios al hablarnos de Adán nos ilustra esta verdad de una manera sencilla. Cuando Adán desobedeció las instrucciones que Dios le dio en referencia a no comer del árbol de la ciencia del bien y del mal, porque el día que de ese árbol comiera ciertamente moriría (Génesis 2:17 RVR1960). Dios llama al hombre y le pregunta *"¿has comido del árbol que te mande que no comieras?"* el hombre le respondió: *"la mujer que tú me diste me dio del árbol y yo comí"* (Génesis 3:11-12 RVR1960). Claramente vemos que el hombre no asume la responsabilidad por sus hechos; el hombre no dice que sí, que él comió y que es responsable, sino que busca sobre quién poner la responsabilidad

Fue después que conocimos el amor de Dios, su gracia, su perdón y su misericordia, que aprendimos a tomar responsabilidad por lo que cada uno de nosotros tenía dentro; aprendimos a perdonarnos mutuamente, a perdonarnos a nosotros mismos y a pedirle perdón a Dios y a nuestros hijos.

Ya no le decía a mi esposa: "perdóname porque te hice enojar", sino: "perdóname por el enojo que sentí contra ti, perdóname por enjuiciarte, por condenarte, por no amarte y por no aceptarte como tú eres".

Luego yo venía al Señor y en oración, no sólo le pedía perdón, sino que también le entregaba todos mis sentimientos y emociones. Era algo como esto, quizás a usted le pueda ser útil también:

"Padre en el nombre de Jesús me presento delante de ti y quiero voluntariamente pedirte perdón por mis actitudes incorrectas y por mi mal comportamiento con mi esposa; perdóname por juzgarla, por condenarla y por no amarla ni aceptarla como ella es.

En este momento te entrego toda carga innecesaria de llevar; te entrego el enojo, la ira,

el resentimiento, la amargura, el juicio, la condenación, el rechazo, la autosuficiencia,

la auto justificación y los deseos de venganza que hay en mi corazón, te los entrego y te pido perdón por guardar toda esta basura en mí corazón y por favor te pido que tengas cuidado de mí. Ayúdame a ser el hombre que tú quieres que yo sea y que no he podido ser, en el nombre de Jesús. Amén".

No sé cuántas veces vine al Señor e hice esta oración, pero lo que sí sé es que cada vez que lo hacía experimentaba un alivio profundo y podía notar que lo que me ataba y me oprimía me soltaba, se había ido, podía vivir mejor y en libertad.

La venganza va de la mano de un compañero terrible y espantoso que se llama la falta de perdón; la falta de perdón es como un veneno que uno se toma y luego espera que el muerto sea otro, pero la verdad es que seremos nosotros mismos.

Cuando perdonamos es como abrir la puerta de una cárcel, para luego darnos cuenta de que quien se encontraba preso, éramos nosotros mismos.

En el perdón hay vida y bendición, además de la libertad que se siente cuando podemos perdonar de corazón; perdonar es liberar, desatar, dejar ir libre.

Cuando no perdonamos estamos atados a aquella persona que odiamos, o con la que estamos resentidos, así que al perdonar ambos quedamos libres.

La venganza es un odio y un resentimiento que se encuentran reprimidos en nuestros corazones y que están allí esperando el momento oportuno para explotar como un volcán en erupción y usan al enojo, la ira, la mala actitud, y el mal carácter como conducto para poder expulsarlo como un veneno saliendo por los colmillos de una víbora. Lo peor de todo es que es en contra de otro ser humano, y aun peor en contra de aquellos que amamos y luego terminamos por dañar a aquellos que debíamos haber cuidado.

Venganza es la respuesta con ofensa, con odio y con el deseo de dañar a otra persona que nos hirió o nos ofendió.

En el evangelio de San Mateo capítulo 6 verso 14 RVR1960 encontramos esta sentencia:

"Porque si perdonáis a los hombres sus ofensas, os perdonará también a vosotros vuestro Padre celestial; más si no perdonáis a los hombres sus ofensas, tampoco vuestro Padre os perdonará vuestras ofensas". Pensar que un Dios bueno, misericordioso y perdonador no nos va a perdonar es algo que no aceptamos muy decididamente.

Para entender esto mucho mejor veamos el mismo capítulo y el verso 12 dice:

"Y perdónanos nuestras deudas, como también nosotros perdonamos a nuestros deudores".

Y el evangelio de San Lucas 11: 4 nos da un entendimiento mayor.

Lea conmigo: *"Y perdónanos nuestros pecados, porque también nosotros perdonamos a todos los que nos deben".*

Si leemos bien, podemos ver que somos nosotros los que le estamos poniendo una medida, o un parámetro al Señor en el área del perdón.

Vea de nuevo: *"perdónanos nuestras deudas, como también nosotros perdonamos".*

La frase: Como también nosotros perdonamos, o como dice en la nueva versión internacional: así como nosotros perdonamos; quiere decir que, si yo perdono poco, poco perdón recibo. Véalo de esta manera: Lo que usted básicamente está diciendo es: Señor perdóname el 60% de mis pecados, así como yo perdoné el 60% a quien me ofendió, o dicho de otra forma: Señor en la misma medida en que yo perdoné a quien me ofendió, en esa misma medida perdóname a mí.

Lo mejor será entonces asegurarnos que cuando perdonemos, lo hagamos en el 100%, para que, así como perdonamos el 100%, Dios nos perdone completamente a nosotros.

No nos engañemos pues creyendo que, si perdonamos a alguien en un bajo porcentaje, luego Dios nos dará su 100% de perdón.

Todos pues de alguna manera o en alguna medida somos ofendidos por alguien o tenemos el mismo potencial de ofender a otras personas.

La epístola de Santiago lo dice de una manera magistral y lo podemos leer en el capítulo 3 y en el verso 2 RVR1960

"Porque todos ofendemos muchas veces. Si alguno no ofende en palabra, éste es varón perfecto, capaz también de refrenar todo el cuerpo".

Y también el mismo apóstol nos hace una recomendación tan poderosa, que si la practicáramos viviríamos con corazones más sanos y más libres para amar y para perdonar.

Santiago 5:16 RVR1960

"Confesaos vuestras ofensas unos a otros, y orad unos por otros, para que seáis sanados. La oración eficaz del justo puede mucho".

En el perdón hay vida y hay bendición, no solo para nosotros, sino también para dar a otros. Si Dios en Cristo Jesús nos perdonó integra y completamente todos nuestros pecados, esta acción nos deja a nosotros sin argumentos válidos delante de él para no perdonar a quien nos ofende.

AMPARO, MI HERMANA MENOR, SE VA PARA EE. UU.

Mi hermana mayor Margarita por el año 1974 estaba viviendo en New York y se le presentaba la oportunidad a mi hermana menor Amparo de poder viajar.

Le hicieron la despedida en una de las casas cercanas al pueblo. Era una pequeña finquita a la que llamaban "la jabonería"; en esta fiesta de despedida había un buen grupo y entre ellos estaba el novio de mi hermana que se llamaba Hernando. Esta era toda una fiesta con baile y licor forzado por todas partes, digo forzado porque siempre en las fiestas hay uno o dos que se pasan de amables y quieren que uno beba aunque no quiera y ante la insistencia y el acoso, uno termina por hacer lo que no quiere, así que me tomé unos cuatro o cinco tragos de aguardiente, en las fiestas casi siempre terminaba haciendo lo que los demás querían y ante la insistencia pues tomaba algo, y cinco tragos de aguardiente para mi eran el equivalente a una botella por la intolerancia a los etanoles.

Esa tarde aquellos tragos me voltearon al revés y vomité en una de las camas y en el piso, hasta que al final después de descansar un poco, me sentí mejor, pero todavía estaba mareado e indispuesto, así que me senté en la cama donde me encontraba pasando el mal rato y condenándome por haber tomado. Ya se había hecho tarde, el sol se había puesto y empecé a escuchar lo que la gente estaba hablando en la sala, lo que narraban eran historias de espantos, de duendes y de brujas.

En esos momentos sentí unos enormes deseos de ir al baño, sólo que el baño no se encontraba dentro de la casa, éste era un pequeño cubículo que estaba en las afueras de la casa, allá en el mismo lugar donde empezaba el cafetal y estaban las matas de plátano de esta finca. Pude observar el baño a la distancia y también noté que no tenía luz y que la poca luz de la casa no alcanza-

ba a iluminarlo bien, de manera que lo que yo tenía que hacer debía hacerlo en la oscuridad. Me quedé pensando... "¿Y si me
asustan?", "¿y si me sale una bruja?", eso fue lo primero que vino
a mi mente. Lo segundo fue: ¿Qué tal que me salga uno de esos
espantos de los que estaban mencionando anteriormente en la
sala de la casa?

Así que me armé de valor y llegué al baño, una vez allí me dispuse a orinar. Yo había estado en este mismo baño en las horas
del mediodía, ya había visitado este lugar, así que yo sabía que allí
había un sanitario común y corriente, la cosa no sería tan compli-
cada, todo lo que necesitaba era hacer un acoplamiento perfecto
entre el chorro de orines y el agua del sanitario y, ¡bingo! Estaba
hecho; sólo que esta vez tendría que hacerlo en medio de las os-
curas tinieblas de la noche. Empecé pues a orinar y no lograba
acoplar el chorro con el agua del sanitario, me moví a la derecha,
luego a la izquierda, un poco hacia arriba, un poco hacia abajo,
pero nada; de repente y en medio de aquella oscuridad sentí que
algo se abalanzó sobre mí, era una sombra aterradora y espantosa,
hasta pensé que había llegado mi hora; como era de esperarse yo
no me iba a quedar para investigar que era aquello y corrí como
quien corre por su vida. Al llegar a la casa conté del espanto de la
sombra espantosa que me había asustado, además mi corazón estaba que se me quería salir del pecho y mientras yo hablaba apareció Hernando, el novio de Amparo, orinado de pies a cabeza,
preguntando quién era el desgraciado que lo había orinado. Sucedió que Hernando, en medio de su borrachera, había ido al baño
y se había quedado dormido, y yo le hice el favor de despertarlo.
¡Vaya manera de despertar a alguien!

LOS AÑOS EN EL COLEGIO

Los años de estudio en el bachillerato fueron muy agradables, llenos de amigos, juegos, diversión y travesuras, como los de cualquier otro joven que hace el tránsito entre la adolescencia y la temprana juventud.

En mi caso no era muy buen estudiante; las matemáticas, el álgebra, el cálculo y similares no eran de mi agrado, además me producían aletargamiento, pereza y aburrimiento. Me gustaba la física y la química en su parte práctica, la teórica no era tan apetecible, era bueno en ciencias y geografía, me aburría filosofía y religión; en lo que sí era pésimo, era en educación física y deportes, esto debido a que yo tenía un soplo en el corazón, que hacía que me cansara muy rápido y no daba la talla de los demás compañeros.

Cuando hacían la selección de los diferentes equipos de fútbol, voleibol o básquetbol, a mí siempre me dejaban para lo último o simplemente no me seleccionaban y cuando me enlistaban era para llenar el número de participantes requeridos y no por buen jugador. Era lo que se podría llamar un plan "B" y algunas veces el "C".

Me gustaba mucho el voleibol, tampoco daba buen rendimiento y como el número de participantes era tan reducido, casi nunca quedaba dentro del equipo. Pero cuando el colegio daba la opción de tener dos equipos por clase, entonces yo era el capitán del equipo número dos. Imagínese como serían los demás que hacían parte de mi equipo. En una ocasión formé un equipo con unos buenos para nada en cuanto a voleibol se refería y el nombre que le puse al equipo fue muy apropiado "los bellos durmientes", y le hacíamos honor al nombre, no tanto por lo de bellos, pero si por lo de durmientes; cuando jugábamos siempre teníamos gente que nos querían ver jugar, no por el buen juego, sino por la forma en que los hacíamos reír, nos aplaudían mucho, creo que era por lástima y compasión.

Fui un estudiante que fue obligado a estudiar, tal vez por esa razón no le tenía amor al estudio, lo hacía más por mi mamá que por mí.

En sexto de bachillerato me di cuenta de que estudiar no era algo que yo quería hacer y me decidí por el trabajo. Tomé una decisión que hasta el día de hoy lamento; me retiré del curso faltándome unos meses para graduarme, no me estaba yendo bien y no estaba dispuesto a repetir el sexto grado, aunque sé que si me hubiese esforzado creo que con la habilitación de una o dos materias me hubiese podido graduar.

Esto ya hace parte del pasado y ahora a mis hijos les estímulo para que estudien, no los obligo, les aconsejo y en vez de crear una obligación en ellos, lo que hago es crear una necesidad, la necesidad de estudiar y de prepararse para el futuro. Mi gran alegría fue ver a mi hijo Andrés Julián y a mis dos hijas Lina María y Carolina graduados del high school con notas sobresalientes, al igual que en la universidad con excelentes logros y resultados. Ahora ya están graduados en sus respectivas carreras. Lina María es diseñadora gráfica, Carolina terminó justicia criminal y Andrés Julián se graduó como mecánico de aviación, obtuvo sus licencias correspondientes y ahora trabaja con éxito en esta área. Nuestros hijos alcanzarán siete veces más que nosotros y veremos en ellos los sueños realizados que nosotros no pudimos lograr.

LA QUE SERÍA MI ESPOSA

Por los días de mi temprana juventud me relacioné con Elvia Lucia Carvajal, más conocida como "Lucy", una preciosa mujer que tenía su residencia en la misma calle donde yo vivía. Era una hermosa jovencita, con un cabello negro largo y abundante, muy bien cuidado. Su belleza cautivaba a muchos en el pueblo, además era excelente estudiante y de muy buena familia, lo cual la hacía más codiciable; cabe anotar que era celosamente cuidada por sus padres y no la dejaban salir sola, excepto para ir a misa o al colegio, aunque en ese tiempo ella no me llamaba mucho la atención, a decir verdad me caía mal, la consideraba muy creída y orgullosa. Esta impresión que yo tenía de ella era por su espléndida manera de vestir y porque siempre andaba muy seria y no saludaba a nadie, para donde iba, andaba y no se detenía a mirar, ni siquiera por misericordia a todos aquellos que dejaba en el camino suspirando y chorreando babas por ella.

En una mañana en la que me había puesto de acuerdo con unos amigos para entrenar voleibol, como a eso de las cinco de la madrugada, nos encontrábamos sentados en la esquina de la casa de Elvia Lucia; de pronto apareció ella caminando sola, se dirigía a la iglesia, como era su costumbre todos los días a esa hora y uno de mis amigos al verla venir dijo:
"¡Allá viene la mujer que más me gusta en este pueblo!"
Obviamente cuando alcé la mirada para ver de quién se trataba, como que una venda se cayó de mis ojos; creo que fue en ese momento en el que empecé a verla hermosa y diferente a todas las demás; claro está ese fue un campanazo que me despertó y pude darme cuenta de que, si no me ponía las pilas, la competencia estaba dispuesta a hacerlo y eso yo no lo iba permitir.

Llegué a relacionarme con ella porque mi hermano Guillermo se enamoró de una joven llamada Luisa, quien era tía de Elvia Lucia, y aunque mi hermano era veintidós años mayor que Luisa, se enamoraron y contrajeron matrimonio. Un tiempo después nació su primer hijo, al que llamaron Juan Guillermo y de quien Elvia Lucia y yo seríamos los padrinos de bautismo. Fue en los cursillos de preparación para el bautismo que hicimos una muy buena amistad.

Una tarde, aquella buena amistad tomaría un giro inesperado que cambiaría el rumbo y el futuro de ambos, afectando de una manera radical nuestros destinos.

Elvia Lucia estaba en la casa de Guillermo y de Luisa; yo entré sin saber que ella estaba allí y cuando nos vimos ambos sentimos algo que no sabíamos explicar, y que contenía una fuerte dosis de nerviosismo, alegría y mariposeo en el estómago.

Estuve allí por unos minutos y luego salí; pero mientras salía me preguntaba qué estaba pasando.

La casa era de dos pisos y cuando alcancé la calle y cerré tras mí la puerta, miré hacia la ventana del segundo piso y allí estaba ella, hermosa y radiante como nunca antes; mirándome como sólo ella sabe hacerlo, yo la miré y mis ojos fueron un arco en el que disparé la mejor flecha que guardaba en mi corazón y di en el mero blanco; le hice cambio de luces, o sea le guiñe un ojo, y ella hizo lo mismo; mis palpitaciones se aceleraron y las piernas empezaron a experimentar una rara sensación de pérdida de fuerza y equilibrio. Fui atropellado en la mitad de la calle por el tren de Cupido, fue tal el impacto, que aún hoy en el momento en el que estoy escribiendo estas líneas y treinta y ocho años después, debo confesar que sigo profundamente enamorado de mi preciosa y maravillosa esposa. Sin lugar a dudas ella es un tesoro muy bien guardado en el fondo de mi corazón. Definitivamente, ¡Dios no se equivocó!

Desde aquel precioso día nunca más volvimos a vernos de la misma manera.

El matrimonio de mi hermano Guillermo y de Luisa desde su luna de miel tuvo muchas crisis, problemas y grandes diferencias, esto de alguna manera causó una profunda división entre mi familia y la de Luisa, dicho sea de paso, Luisa era la hermana menor de la mamá de Lucy. Estas crisis matrimoniales terminaron por fracturar las relaciones entre las dos familias y produjo un distanciamiento entre ellas; en un lado el culpable era mi hermano y en el otro la culpable era su esposa. Mientras esto sucedía la atracción que experimentábamos Lucy y yo crecía más y más.

Por mi parte, yo desempeñaba muy bien mi papel de tío y padrino de bautismo; puse en pleno desarrollo estas dos funciones, así que yo no perdía la oportunidad para llevar al niño o para recogerlo, yo hacía lo que fuera necesario, porque este era un buen pretexto para ver a Lucy, ya que la mayor parte del tiempo el niño permanecía en la casa de Lucy. Sus padres y hermanos vivían en la casa de la abuela. La abuela era la mamá de Luisa y de mi "suegra".

Yo tenía diecinueve y Lucy diecisiete años, todo esto que sentíamos rodaba como un tren de carga desplazándose a alta velocidad, el problema es que en este momento en el que Lucy y yo empezamos a sentirnos atraídos, ella tenía novio y yo tenía novia. A causa de que las diferencias entre las dos familias se acentuaron más, no pudimos tener nuestro romance abiertamente, sino en secreto, y para mantener este noviazgo en secreto serían muy beneficiosos mi novia y el novio de Lucy.

Los dos acordamos entrar en una relación de noviazgo y al mismo tiempo ella mantendría la relación con su novio y yo la mía, pero sin que ninguno de ellos se enterase, ni sospecharan nada. Pensábamos que mientras nos vieran a cada uno con nuestras respectivas parejas, no habría lugar para que la mamá de Lucy sospechara algo, ya que tanto ella como su esposo eran muy estrictos con Lucy y esto hacía que aun en su propia casa ella no tuviera mucha libertad, mucho menos en la calle.

Pusimos en marcha nuestro acuerdo, yo visitaba "la casa de Lucy", aparentando visitar a mi cuñada, ver a mi sobrino; hacía como que nada pasaba, pero aprovechaba para hablar, aunque fuera un poco con Lucy, nos mirábamos y nos hacíamos ojitos y al mismo tiempo salía con mi novia y el novio de Lucy le visitaba.

Pero después de un tiempo la situación se hizo insostenible y obviamente cuando salía con "mi novia" yo estaba distante y pensativo, porque mi corazón ya no estaba ahí. Fue entonces que ella empezó a notar que algo no andaba bien, ella me decía "te veo distante", "no eres el mismo", "has cambiado mucho" … así que finalmente y ante la imposibilidad de seguir fingiendo lo que no se podía fingir, Lucy decidió terminar la relación que tenía con su novio y yo hice lo mismo con la mía.

Después de esto Lucy y yo fuimos novios por un año sin que su mamá lo supiera, pero decididos a sacar a la luz lo que ya no se podía ocultar, le hicimos frente a nuestro noviazgo, aunque sabíamos que no sería nada fácil.

Debo admitir que las decisiones que Lucy y yo tomamos en ese tiempo, en las que involucramos a su novio y a mi novia, nos llevaron a hacer lo incorrecto y sé que de una u otra manera terminamos por herirlos y obviamente esta acción y forma de proceder la desaprobamos completamente y no la justificamos. Pero cuando se es joven, sin experiencia y se está enamorado, "el fin puede justificar los medios".

No pudiendo ocultar lo que cada día se hacía más evidente, entonces expresamos abiertamente lo que Lucy y yo sentíamos. Aquello fue "una bomba", fue algo muy mal recibido por la mamá de Lucy y ella estaba bien decidida a que no hubiera ni uno más de la familia Ángel en su familia, su papá tampoco me quería ver.

LA ABUELA, MI ALIADA INCONDICIONAL

La abuela materna de Lucy se llamaba Betsabeth, una preciosa anciana que sin yo saber por qué me quiso mucho. Parece ser que algo vio en mí y eso hacía que yo fuera muy apreciado por ella. Esta mujer sería clave en el futuro que nos esperaba a Lucy y a mí.

Como lo dije antes, Lucy y su familia vivían en la casa de la abuela y yo ahí tenía un fuerte punto a mi favor, miren por qué, recuerdo que una tarde como a eso de las 6:00 p.m. la mamá de Lucy ya estaba en pie de guerra y me tenía el ojo puesto, y no sé qué sucedió, pero ella se molestó conmigo y literalmente me echó de la casa, me dijo que me fuera y que no volviera, así que me dispuse a salir y cuando estaba terminando de bajar las escalas, escuché la voz de la abuela detrás de mí y que me decía:
"Mijo venga cómase unos frijolitos antes de que se vaya".
Por supuesto que me regresé y me comí los frijolitos, ya que la razón era doble: tenía hambre y le quería dar en la cabeza a mi suegra.

Por estos días se celebró en la cancha de fútbol una actividad deportiva que integraba a los dos colegios que existían en el pueblo, el instituto Santuario y el de las monjitas; el uno de varones y el otro de señoritas, y allí se encontraba Lucy. Osadamente le propuse llevarla en mi moto hasta el pueblo; me dijo que sí, pero como estaba con su hermanita Cielo, debíamos abrirle espacio a ella; le dije que no había problema; el lugar estaba repleto de jóvenes, había un lleno total, y cuando vieron que Lucy se estaba subiendo a la moto, cosa que no era usual que ella hiciera, esto llamó mucho la atención de todos y más aún cuando detrás de Lucy acomodamos a Cielo, éramos tres en una moto Kawasaki de

100cc. Prendí la moto y al acelerar, el peso atrás era mucho y la moto se paró levantando la llanta delantera y caímos al piso. Se oyó un coro de risas y de carcajadas que todavía me parece escucharlo; de todas maneras no podíamos quedarnos allí y de nuevo nos montamos los tres y logramos salir de aquel vergonzoso momento; fue sólo al llegar a la casa de Lucy que notamos nuestros raspones y golpes, cosa que no le hizo mucha gracia a doña Elvia, la mamá de Lucy.

Las cosas no mejoraron y una noche en la que estaba visitando a Lucy, mi suegra me recibió mal, y como allí ya había una pelea casada le dije con altanería y grosería:
"Señora yo no vengo a visitarla a usted, sino a su hija" y agregué: *"Si no me quiere aquí en su casa, me tiene que sacar usted misma, y si me va a sacar me tiene que sacar cargado y creo que para usted estoy bastante pesado"*. Lógicamente esto empeoraría las cosas.

Otra noche en la que me encontraba con Lucy en el comedor de la casa, yo estaba sentado junto a ella, mientras ella hacía las tareas del colegio. De repente se puso junto a mí su papá, de nombre Carlos y le dijo a Lucy con voz fuerte y decidida:
"¿Señorita usted para hacer tareas necesita compañía?".
A lo cual yo poniéndome de pie y con determinación le contesté:
"Un momento don Carlos que si aquí va a haber problema es conmigo y no con ella, porque ella está en su casa, y el que está de visita soy yo".
Y le pregunté:
"¿Usted quiere que yo me vaya?".
Él me contestó:
"Sí, quiero que se vaya, y ahora mismo".

Yo le dije:
"Está bien don Carlos yo me voy, pero todavía no".
Y me fui al cuarto de la abuela, me senté en el borde de su cama y le dije:
Abuela me acaban de echar de la casa.

Ella me contestó: *"Tranquilo mijo que de aquí no lo pueden sacar"*, y con su mano me acercó hacia ella.

La altanería, la grosería y la falta de respeto que yo expresaba tan abiertamente hacia los padres de Lucy se hicieron más evidente y ellos no estarían dispuestos a tolerarlo, y obviamente todo esto dañó más la pobre relación que los padres de Lucy y yo teníamos.

Esto hizo que nos prohibieran vernos de nuevo y más directamente a Lucy, bajo amenaza de enviarla para un convento si no obedecía, así que yo tenía que hacer algo para impedir que esto llegara a suceder y no estaba dispuesto a perderla ni a dejar de verla, y se me ocurrió una idea genial, ésta sería una propuesta que acabaría de una buena vez con todos los obstáculos que querían poner en medio de los dos.

Le propuse a Lucy que se escapara conmigo y que nos casáramos en la vecina población de La Virginia. Le expliqué que tenía un amigo que había hecho lo mismo con su novia y que él estaba dispuesto a ayudarme, que él haría los contactos con el sacerdote y con el conductor del jeep que nos llevaría hacia aquel lugar. Lucy me dijo que sí, que ella estaba dispuesta escaparse conmigo y ser mi esposa. Decidimos que el viernes en la madrugada nos escaparíamos; y para coordinar este magnífico plan nos pusimos dos citas clandestinas, y planeamos todo de tal manera que nadie supiera o se diera cuenta de lo que pensábamos hacer. Una primera cita sería para el jueves en la noche. En esta oportunidad ella me entregaría unas pocas pertenencias en una maleta y la otra sería en la madrugada del día siguiente viernes a las cinco de la mañana cuando ella saldría fingiendo que iba para la misa de 5:00 a.m. y entonces todo estaría listo y preparado para la fuga.

Gracias a Dios, y para no agravar más la situación, el jueves en la noche, Lucy y yo después de haberlo pensado bien y de medir las consecuencias que esto podría desatar, decidimos que debíamos actuar correctamente y abortamos el plan, así que el plan de escape fracasó.

Esa misma noche en común acuerdo y estando muy enamorados decidimos con mucho dolor y lágrimas romper nuestra la relación, para que de esta manera ella pudiera tener descanso y paz en su casa y así sus padres dejaran de poner presión sobre ella.

Si mal no recuerdo era el mes de agosto o septiembre de 1978, y para el mes de noviembre de este mismo año, se me dejó saber que Lucy y su familia se estaban mudando de Santuario y que se iban a vivir a la ciudad de Medellín. Ese parecía ser el final de todo y a partir de ese día no la volví a ver.

PLANES PARA EE. UU.

Por mi parte yo continué en Santuario y empecé a administrar una heladería que mi hermano Guillermo había establecido, esta heladería se llamaba "El chavo".

Esto fue al inicio del año 1979. Por estos días hice el primer contacto con alguien que me ayudaría a obtener todos los documentos necesarios para poder presentarme en la embajada americana que se encontraba en la ciudad de Cali y así tener la oportunidad de solicitar una visa, que me permitiera viajar a los Estados Unidos, mi meta entonces era llegar a la ciudad de New York.

Para el mes de mayo de este año ya tenía la visa de turista que me daría la entrada en este país, y mi viaje sería para el día 10 de junio.

Mientras tanto la abuela de Lucy, quien se encontraba en la ciudad de Medellín, se enteró de mi viaje a EE. UU. y le compró un pasaje en avión a Lucy para que se dirigiera a la ciudad de Pereira con el propósito de que se viera conmigo antes de que yo viajara; el problema es que la abuela no supo la fecha de mi viaje y ese mismo día nos encontramos volando los dos, ella rumbo al aeropuerto de la ciudad de Pereira y yo hacía New York.

Sucedió que el día de mí vuelo a New York, mi familia me llevó al aeropuerto para despedirme. En el momento de las maniobras para el despegue del avión, el avión en el que yo me encontraba tuvo que esperar en la cabecera de la pista, porque otro avión venía en su maniobra de aterrizaje; en ese avión venía Lucy.

Una vez el avión en el que llegaba Lucy aterrizó; el avión en el que yo me encontraba despegó y no nos pudimos ver. Fue hasta después de aterrizar que Lucy se encontró con mi familia en el aeropuerto y le dejaron saber a Lucy que en ese avión que acababa de despegar me encontraba yo rumbo a los Estados Unidos; ya se podrán imaginar la frustración que ella pudo haber experimentado en ese momento.

De este acontecimiento yo no me enteré hasta un tiempo después.

EN EE. UU. CON VISA DE TURISTA

Llegué al aeropuerto JFK (John F. Kennedy), de la ciudad de New York el día 10 de junio de 1979.

Me recibió otro hermano mío de nombre Samuel, Él estaba viviendo sin residencia o sea en calidad de "ilegal", obviamente para él era un riesgo muy grande recogerme en el aeropuerto, eso era como meterse a la boca del lobo ya que por aquella época los oficiales de inmigración estaban muy activos y se les encontraba regados por toda la ciudad capturando "ilegales"; así que mi hermano estaba muy preocupado por su seguridad personal y por la inminente deportación a la que se enfrentaría si era capturado. Cuando trate de saludarlo con abrazo incluido y todo, él estaba tan nervioso que me lo impidió y lo único que quería era salir de allí corriendo. Recuerdo que me dijo: ¡Venga! ¡Venga! Rápido, rápido, no se detenga, que luego me saluda.

Claro está, yo no podía entender su actitud, sólo la entendí hasta que salimos del aeropuerto y fue entonces que me dejó saber que él no tenía papeles y que temía que inmigración le pudiera pedir su identificación y ser deportado.

Samuel llevaba viviendo varios años en EE. UU. Él vivía en Brooklyn en la casa de mi hermana Margarita, por esos días ella se encontraba por una temporada en Colombia.

Doy gracias a Dios por la abuela de Lucy, quien no se rindió y localizó el teléfono de mi hermano Martín, quien vivía en Miami; y por conducto de él consiguió mi teléfono en Brooklyn. New York.

Yo estaba cumpliendo apenas una semana en New York, y recibí una llamada que me dejó muy asombrado.

Quiero que sepa que ya habían pasado diez meses desde la última vez en que hablé con Lucy y yo no había vuelto a tener ninguna clase de comunicación con ella, y que a juzgar por las circunstancias en las cuales se había terminado nuestra relación, para mí ya estaba todo terminado y sin posibilidades de nada, y menos encontrándome en otro país. Así que cuando contesté el teléfono, alguien con voz femenina y muy amable me estaba saludando al otro lado de la línea y yo pensaba quien podría ser, pues en esta ciudad yo no conozco a nadie;

Pregunté:

¿Con quién hablo?

La voz respondió:

Con Elvia Lucia.

Pregunté:

¿Elvia Lucia? ¿Cuál Elvia Lucia?

Me contestó:

Con Elvia Lucia Carvajal, y te estoy llamando desde Medellín.

Ante la precaria condición económica en la que me encontraba y aún sin trabajo, la próxima pregunta sería la más obvia, aunque pudo haber sido motivada por el gran susto que sentí en ese momento.

¿Usted me está llamando, pagando aquí? (era costumbre recibir "collect call" "llamada por cobrar". Una persona llamaba y el que recibía la llamada pagaba.)

Para alivio y tranquilidad mía, me respondió que no.

Al hablar y escucharnos nuevamente, nos dimos cuenta de que la relación se había roto, pero no lo que ambos sentíamos y decidimos reiniciar la relación.

Sólo teníamos un pequeño problema, mi permiso de estar en el país se vencería pronto dejándome en calidad de "ilegal", sin poder viajar a mi país y separado de mí amada por apenas unas seis horas de vuelo y unos cuantos miles de millas de distancia.

La relación se mantuvo, el amor y la expectativa crecieron, nos hablábamos por teléfono y nos escribíamos constantemente. Ambos recibíamos un total de tres o cuatro cartas semanales, incluyendo tarjetas y fotos. El Internet, el chat, los mensajes de texto y Skype, eran apenas un sueño y una idea alocada en la mente de aquellos que lo inventaron.

Un año después vía telefónica le propuse matrimonio a Lucy, a lo que sin dudar me dio un "sí" rotundo. Creo que estaba desesperada por casarse conmigo, al fin y al cabo, yo era un joven alto, guapo e irresistible, responsable y trabajador, era tremendo partido y apenas andaba por mis veintidós años, era tan sólo un pollito.

Inmediatamente les escribí una carta a mis suegros, primeramente, pidiéndoles perdón por mi comportamiento y la mala actitud que tuve con ellos en el pasado, dejándoles saber que mi amor hacia Lucy seguía vivo y mis intenciones eran las mejores, pidiéndoles la mano de su hija y su consentimiento para poder casarme con ella.

Su respuesta fue positiva y con un comentario muy acertado de mi suegro, "ese país ya lo debe haber madurado y ha de haberlo hecho más hombre".

Se pensó entonces, en cuál sería la mejor forma de hacer las cosas, se propuso que Lucy viniera como soltera y aquí nos casaríamos, y mientras tanto se estuviera en la casa de Guillermo y Luisa, que por ese tiempo también estaban viviendo en los Estados Unidos.

Recuerdo a mi hermano decir: "No se pongan con bobadas, dejen que Lucy de una buena vez llegue al apartamento de Rodrigo, pues vaca que se va a sacrificar, se debe meter al corral", lo cual obviamente no hicimos.

La decisión fue tomada, Lucy y yo nos casaríamos, pero como podría ser esto posible si ella estaba en Medellín y yo en New York. Mi permiso de estar en el país ya se había vencido, así que yo no podía viajar a Colombia, ya estaba en calidad de "ilegal" o sea, tenía más papeles un marrano robado.

MATRIMONIO POR PODER

Alguien me informó acerca de un matrimonio que se oficiaba en estas circunstancias y que lo realizaba la iglesia católica, ese matrimonio se llama "Matrimonio por poder", (uno se casa por poder y luego se divorcia por no poder, claro está, esto es un chiste mío). Así que hicimos todas las averiguaciones concernientes a dicho matrimonio, conseguimos toda la documentación requerida en ambos países, luego los testigos, que dieran fe que tanto Lucy como yo éramos solteros y junto con esto las consabidas visitas al obispado y a la cancillería de la iglesia católica.

Una vez que obtuvimos toda la documentación y estaba en regla, entonces ya estábamos listos para contraer matrimonio a distancia.

El matrimonio se realizó en la parroquia de la maternidad divina, de la ciudad de Itagüí, población que hace parte del área metropolitana de la ciudad de Medellín, fue el día 5 de noviembre de 1980.

Este "matrimonio por poder" otorga el poder a una persona para que tome el lugar de otra, dicho de otra forma, yo estaba dándole poder a alguien más para que tomara mi lugar en mi propio matrimonio y se casara usando mi nombre. Sí, ya sé, esto suena muy raro, pero ese era a mi modo de ver una muy buena opción. La persona que usó mi nombre y tomó mi lugar fue el papá de Lucy, ella se casó con su propio papá, sólo que durante la ceremonia matrimonial él dejaría de llamarse Carlos Enrique Carvajal y se llamaría Rodrigo Antonio Ángel.

Así que ella se casó con Rodrigo Antonio Ángel, esto gracias a las bondades que otorga este tipo de matrimonio y que hace parte de un acuerdo entre la iglesia católica y el estado colombiano; así quedó establecido de acuerdo con lo que dicen tanto el registro civil de matrimonios de la notaria de la ciudad de Itagüí y la partida de matrimonios de la iglesia católica.

Tengo entendido que este tipo de matrimonio data de la edad media cuando por razones políticas y económicas, mejor dicho, por conveniencia, los gobernantes y los reyes contraían matrimonio o unían en matrimonio a sus hijos, para así poder extender el territorio del reino, y todo esto a distancia.

Volviendo a mi matrimonio, ese 5 de noviembre de 1980, eran como las diez de la noche, cuando recibí una llamada de Lucy, en la cual me decía que ya estábamos oficialmente casados, con nuestra respectiva partida de matrimonio y asentada en la notaría pública, con lo cual me sentí bien extraño por la forma en la que acababa de dejar mi soltería, pero a la vez experimenté una profunda alegría al saber que Elvia Lucia Carvajal, por fin era mi legítima esposa.

Años después entenderíamos que este no era un matrimonio válido, bíblicamente hablando y entonces realizamos otra boda, donde nuestros tres hijos, Andrés Julián, Lina María y Carolina fueron nuestros invitados de honor.

RUMBO A BAHAMAS

Como ya estábamos casados era tiempo de hacer que Lucy viniera al encuentro con su esposo y ante la imposibilidad de conseguir una visa que le permitiera la entrada a los Estados Unidos, Lucy contactó a un "coyote", quién tenía como trabajo traer gente a los Estados Unidos vía Bimini Bahamas.

Se hizo el arreglo económico, envíe el dinero y se concertó una fecha para el viaje.

Ella saldría un viernes de Medellín y el lunes siguiente estaría en Estados Unidos. ¡Sonaba maravilloso! Efectivamente el viernes hablé con doña Elvia, mi suegra, y me confirmó que mi esposa había salido ese día y que el lunes estaría conmigo. La felicidad y el nerviosismo empezaron a recorrer todo mi ser; nerviosismo y alegría que se tornarían en preocupación e incertidumbre, al ver que llegó ese lunes y ella no llegó. Así pasó otra semana, llegó el otro lunes y ella no llegó. Estuve quince largos días sin saber qué había pasado con ella, no teníamos noticias, al final esperábamos lo peor y empezamos a pedir a Dios que apareciera, aunque fuera muerta… pero que apareciera.

Mi suegra y la familia entera estaban más que preocupados y con justa razón. Nos llamábamos diariamente para saber si se sabía algo, pero nada; tanto nos llamábamos, claro está las llamadas eran pagadas en EE. UU., que ese mes pagué de sólo teléfono $300.00 dólares, para la época eso era muchísimo dinero.

Recuerdo que a mis manos llegó un libro titulado "Jesús el Cristo", era la segunda semana de Lucy estar "desparecida", y me arrodillé y le dije al Señor, aunque todavía no le conocía: Señor si tú permites que mi esposa aparezca, te prometo que voy a leer este libro por completo. Esto lo hice como un sacrificio que quise ofrecer a Dios, ya que yo no era muy amigo de la lectura, lo asombroso es que el día que terminé de leer el libro, que fue una semana después, recibí una llamada de mi esposa, ya se podrán imaginar la alegría y el alivio al saber que estaba viva. Alegría y alivio que no durarían mucho tiempo, pues la llamada me la estaba haciendo desde el centro de detención de inmigración Krome en el sur de Miami, donde permaneció por diez días.

EN INMIGRACIÓN EN MIAMI

Mi esposa me dejó saber que al llegar a Bahamas las condiciones del clima empeoraron y el piloto de la avioneta en la que supuestamente llegaría a Miami, no se atrevió a hacer el viaje, y por
consiguiente la espera para poder viajar se dilató. Esta fue la época de mayor actividad del narcotráfico y sus continuos envíos de
droga desde Colombia vía Bahamas, por esta razón el área estaba
bajo mucha vigilancia. El viaje tuvo que hacerse en lancha, y dice
mi esposa que ya estaban viendo las luces de la ciudad de Miami,
cuando fueron abordados por el guardacostas, así que fue capturada, y una vez capturada, se dio comienzo al debido proceso de
deportación.

Mi cuñado Cornelius, esposo de Margarita, era americano y yo
pensé que por su condición de gringo él podría hacer algo por
ella, le pedí que viajara a Miami y se viera con Lucy y obtuviera
información de inmigración para saber cómo se le podría sacar un
permiso a ella para estar al menos unos días en New York en la
casa de mi cuñado, y entonces yo me las arreglaría para escaparme
con ella, pero eso no fue posible y mi esposa fue deportada y tuve
que conformarme con el triste reporte de la visita de mi cuñado.

Cuando Lucy fue devuelta a Colombia, llegó a la ciudad de
Santa fe de Bogotá donde pasó dos noches detenida en el DAS
(departamento administrativo de seguridad). Después de las investigaciones concernientes fue enviada a Medellín.

INTENTÁNDOLO DE NUEVO

Como Lucy estaba determinada a estar con su esposo, le envié más dinero, porque ella quería intentarlo de nuevo. Para esos días yo trabajaba en una joyería del bajo Manhattan, en el barrio chino, el nombre de la joyería era Cres. Pertenecía a un cubano que me dio muy buen trato, su nombre era Francisco Crespo. Yo era el relojero de ese lugar, hacía muy buen dinero y no puse ninguna objeción para enviarle más dinero a mi esposa.

De nuevo ella hizo los arreglos para el viaje, sólo que esta vez no me dijo nada de la fecha en la que pensaba viajar y lo hizo sin que yo lo supiera. Para esta fecha ya habían pasado tres meses desde nuestro matrimonio, transcurría el mes de febrero de 1981.

Efectivamente ella viajó sin que yo lo supiera, no me dejó saber nada al respecto, pero esta vez logró pasar y llegó de sorpresa.

Yo vivía en Brooklyn, en el apartamento de una señora ecuatoriana llamada Lucís, quien conocía a mi esposa Lucy por fotos, tanto ella como la gente de la joyería estaban al tanto de mi matrimonio y las muchas dificultades que le precedieron.

LA MEJOR NOTICIA

Un día, un hermoso día; era el 12 de febrero de 1981, como a las 10 de la mañana, me encontraba en mi trabajo y al contestar el teléfono, escuché la voz de mi esposa, después de saludarla le pregunté:

Hola, ¿cómo estás? Me contestó: Bien.

Luego le pregunté: ¿Cómo están las cosas por Medellín?

Ella me contestó: Las cosas en Medellín deben estar bien.

Le dije: ¿Cómo así que las cosas en Medellín deben estar bien, usted en dónde está pues?

Ella me contestó: No estoy en Medellín.

Con nerviosismo le pregunté: ¿No estás en Medellín? ¿Entonces en dónde estás?

Ella me contestó: Estoy aquí en New York.

Le dije no: Eso no puede ser, deja de jugar conmigo, dime la verdad.

Ya me estaba poniendo aún más nervioso y le volví a preguntar:

¿Dónde estás? Nuevamente me dijo: Me encuentro en New York y estoy en tu apartamento.

Me puse mucho más nervioso y le dije que no creía lo que me estaba diciendo y que por favor no jugara conmigo, entonces ella con lujo de detalles me describió el apartamento y me dio la posición exacta de cada cosa dentro de él, dio el color de la cortina, del tendido de la cama, la posición del televisor y hasta la marca del equipo de sonido, pero yo seguía sin creerle, no podía dar crédito a lo que ella decía, pues no me parecía que fuera verdad; entonces ante mi asombro e incredulidad Lucy me puso en el teléfono a la señora Lucís y al escuchar su voz, por fin comprendí que Lucy verdaderamente se encontraba allí.

Colgué la llamada y le dije a Francisco mi patrón: "Pancho", acaba de llegar mi esposa.

Me dijo: Muchacho corre y tómate tres días para que estés con ella.

Quería salir corriendo de la joyería, pero por primera vez me encontré parado en la puerta y sin saber qué hacer, no sabía si tomar el tren, un taxi o un helicóptero, finalmente opté por el tren. Ese bendito tren se demoró veinte eternos minutos para llevarme a la estación donde yo vivía. Al salir de la estación, mis pasos eran como de dos metros de largo. Hasta que finalmente llegué a mi apartamento y allí estaba ella, ¡hermosa y más preciosa que nunca! Y me fundí en un abrazo interminable con mi tan amada, anhelada y esperada esposa; estaba bellísima y me parecía un sueño el poder tenerla junto a mí. Finalmente, entre mis brazos tenía un sueño hecho realidad y cumpliéndose frente a mis propios   ojos.

EMPIEZA UNA NUEVA VIDA

Creo que soy el único novio que se casó y tres meses después vio a la novia, pero créanme, valió la pena la tan larga espera.

Los días vividos con mi esposa fueron preciosos y tuvimos una luna de miel de dos cortos años; visitamos todos los lugares de interés de la ciudad; cines, restaurantes… En fin, nos dimos la gran vida. Éramos conocidos por nuestros vecinos como el matrimonio de los nenes, y lo éramos pues Lucy estaba en sus veinte y yo en mis veintidós, apenas si éramos unos nenes. Al poco tiempo ella estaba trabajando junto conmigo en la joyería en el departamento de ventas, tiempo después nos mudamos para otro apartamento, un poco más grande; fue en este lugar donde supimos que Lucy estaba embarazada de nuestro primer hijo, lo cual nos llenó de mucha alegría y satisfacción; esperamos a aquel hijo con muchas expectativas y con la inexperiencia propia de los padres primerizos.

EMBARAZADOS

El embarazo era completamente normal excepto por aquellos antojos de guanábana, en horas de la noche y en la ciudad de New York. Allí en aquel apartamento no permanecimos mucho tiempo por causa del fuego, no el de nuestro amor, sino el que produjo un fuego que incendió el lugar. Parece que alguien que vivía contiguo a nuestro cuarto se descuidó y se desató un incendio que por poco devora todas nuestras pertenencias. El lugar fue evacuado y los bomberos extinguieron el fuego justo cuando nuestras pertenencias iban a empezar a quemarse.

Esa tarde empezamos a buscar para donde mudarnos, Guillermo y Luisa vivían a tres casas de distancia y nos propusieron vivir con ellos, dividiríamos la casa en dos, cada cual, con su lado, compartiríamos la cocina y la renta, así como los gastos de luz y agua.

Aceptamos. Fue una mala idea, ya que para ese tiempo las cosas entre mi hermano y la tía de Lucy habían empeorado y su relación se estaba deteriorando cada vez más.

Tomamos la decisión de mudarnos y lo hicimos; en cuanto desocuparon el segundo piso del mismo edificio y nos mudamos para allí y ellos se quedaron en el primero.

El embarazo de Lucy se desarrollaba normalmente y aunque todo era nuevo para nosotros, parecía que todo estaba perfectamente normal. Para los últimos meses de embarazo, mi esposa había ganado mucho peso, estaba pesando 195 libras, ella era de constitución delgada y empezaron a hinchársele las manos y los pies.

Lo que no sabíamos es que Luisa, quién además de ser la tía de Lucy e hija de la abuela Betsabeth, estaba dando un mal reporte de nuestro matrimonio tanto a la abuela como a mi suegra, obviamente mintiendo y dejándoles saber que yo abusaba verbal y físicamente de mi esposa. Aunque no teníamos un matrimonio perfecto vivíamos muy bien y le daba buen trato a Lucy, jamás abusé de ella físicamente. Para la última semana de embarazo, mi suegra, la abuela y familia en Colombia no querían que el niño naciera y deseaban más bien que Lucy muriera en el parto; pues pensaban que esto sería mucho mejor y menos doloroso para Lucy, que seguir viviendo la vida tan aterradora que yo, supuestamente le estaba dando, al grado que cuando empezó el trabajo de parto según el reporte de la tía Luisa, que mientras Lucy se quejaba por las contracciones yo la agredía físicamente, la maltrataba, y no sé cuántas cosas más.

Lo que sí sé, es que a Luisa nunca le hicimos daño o la tratamos mal, nunca supimos el porqué de tanto odio, enojo y resentimiento que la llevaron a hablar lo que no era verdad.

Cuando mi esposa estaba comenzando a tener las contracciones, Luisa llamó a mi casa para preguntar cómo estaba ella, cuando le di el reporte de lo que estaba sucediendo, ella se burló de Lucy, se rio de mí, me insultó, y deseó lo peor; en ese momento me dio tanta ira y tanto enojo, que mis sesos se encendieron y sin pensarlo dos veces tomé la decisión de bajar hasta el primer piso que era donde ella vivía y con mis propias manos matarla; pero para hacer eso necesitaba estar seguro de que mi hermano no estuviera en casa; así que me aseguré de mirar por la ventana y vi a mi hermano que salía de su apartamento, lo observé hasta que llegó a la esquina y no lo vi más, inmediatamente y sin que mi esposa lo supiera bajé hasta el apartamento donde se encontraba Luisa; toqué a la puerta y esta se abrió, ¡vaya sorpresa! Cuando vi que quien me abrió la puerta fue mi hermano, allí me quedé consternado y sin entender que hacía mi hermano en su apartamento si yo mismo unos minutos antes lo había visto irse. Así que cuando Él me saludó, yo hice como que todo estaba bien y me regresé a mi apartamento.

Una vez más Dios me había cuidado y no permitió que cometiera un acto del cual me hubiese arrepentido toda mi vida, del cual creo sin temor a equivocarme que todavía muy seguramente estuviera sufriendo las consecuencias; todo por un momento de locura, de ira y de enojo.

¡SE FUE LA ABUELA!

Para estos días la abuela de Lucy, doña Betsabeth estaba muy enferma y creo que este funesto y mal intencionado reporte de la tía Luisa, de alguna manera aceleró el proceso de su enfermedad y la abuela lamentablemente falleció, lo triste es que ella murió creyendo que todo lo malo que se decía de mí era verdad y que el haber propiciado mi matrimonio con Lucy, se constituiría para ella en su más grande error, el cual creo que lamentaría en su lecho de muerte.

Ha sido muy triste para nosotros el imaginarnos como sufriría ella. Pensar en la tristeza que ella sentiría al creer que Lucy, su nieta amada era, víctima de abuso físico, verbal y psicológico.

Dice mi suegra, que la abuela antes de morir le preguntó que si era verdad que Lucy estaba siendo maltratada y que si era verdad que yo era un abusador; y mi suegra le contestó que sí.

Con el tiempo las cosas se pusieron en claro, tuvimos la oportunidad mi esposa y yo de hablar con mis suegros, pudimos demostrar que realmente vivíamos muy bien y describimos como nos amábamos y nos respetábamos, además que en ningún momento nos habíamos maltratado ni faltado al respeto, finalmente la mentira quedó al descubierto, pero el daño ya estaba hecho y no hubo tiempo de aclarar la situación con la abuela, pues ya era demasiado tarde, ella se había ido con el Señor.

EL PARTO

Los últimos días del embarazo de Lucy fueron muy traumáticos, sus contracciones empezaron un jueves 12 de agosto del año 1982, a las 9:00 a.m.
Finalmente le hicieron una cesárea el sábado 14 a las 6:00 p.m. Cincuenta y seis horas después. Este proceso fue muy difícil y debilitó mucho a mi esposa, Lucy tuvo preeclampsia, tenía presión alta y retención de líquidos y no sé cuántas cosas más, además tuvo una dilatación irregular y estuvo en peligro de morir, tanto que los médicos me hicieron firmar un documento donde yo debería decidir a quién salvar, si a la madre o al niño, mi petición fue que salvara a ambos si fuera posible y si no, pues a la madre.

Afortunadamente todo salió bien y después de un procedimiento de cesárea, había nacido nuestro hijo Andrés Julián; estaba grande y hermoso, midió 52 pulgadas y pesó nueve libras y media, tenía el peso y la estatura de un niño de dos meses. Recuerdo que el médico me dijo que ya estaba listo para jugar al fútbol.

POSTPARTO

Mi esposa ahora estaba en el proceso de recuperación de la preeclampsia y de la cesárea. Estábamos solos y no teníamos ayuda, la llegada a la casa fue bien particular.

Un taxi nos dejó frente a la casa, mi esposa se sentó en una de las escalas, mientras yo subí al niño a un cuarto de la casa, posteriormente llevé las pocas pertenencias de ella.

Al bajar por mi esposa me encontré con un problema:

"¿Cómo iba a subir a mi esposa hasta el segundo piso?"; estaba débil y su cirugía estaba muy reciente, así que regresé al piso alto, tome una silla del comedor, senté a mi esposa en la silla, y busque la ayuda de un vecino que no sé cómo me entendió, ya que mi inglés era casi cavernario; mientras él tomó el espaldar de la silla, yo agarre las patas, valga la aclaración que fueron las patas de la silla y no los pies de mi esposa; la subimos hasta su cuarto en el segundo piso. Todo este proceso nos formó y nos maduró de una manera impresionante, aprendimos a valorar la vida y a valorarnos más como personas y como familia. Además, este proceso fue de aprendizaje y de servicio, aprendimos que el matrimonio es un área de servicio, en donde se vive en función del otro y lo aprendimos practicando.

NUEVAS OBLIGACIONES

En las mañanas me levantaba bien temprano y yo tenía que hacer las veces de ama de casa, ya que mi esposa estuvo en cama por ocho días. Hacía el desayuno y le dejaba el almuerzo hecho, la bañaba, luego bañaba al niño, lavaba los pañales y me iba a trabajar; en la tarde llegaba para hacer la cena, lavar pañales y atender las necesidades tanto de mi esposa como del bebé y del apartamento. Así que yo limpiaba, cocinaba, planchaba, barría, trapeaba, era enfermera y niñera, básicamente era una de las mujeres más eficientes. Había hecho un acuerdo con mi esposa y le dije que yo iba a hacer todo lo que ella necesitara, pero que, si el bebé se hacía "popis", ella tendría que esforzarse y limpiarlo, porque yo ahí no metería la mano. Una mañana mientras bañaba al niño, lo llevé al cuarto y lo puse sobre la toalla en un extremo de la cama para secarlo, en esas él bebe se orinó y me lanzó el chorro justo a mi cara y para que la orina no mojara la cama, puse mi mano debajo de sus nalguitas y justo allí en medio de la palma de mi mano me dejó un regalo que venía desde sus entrañas y que era de un tamaño gigantesco y un olor bastante característico.

Yo no sabía qué hacer con aquello y menos con el olor que despedía, mientras tanto mi esposa estaba que se descosía de la risa y de esta manera tan jocosa aprendí que no hay que ser tan quisquilloso. Aprendí un principio elemental de la familia: El "popis" de mi propia casa no huele.

UNA MALA NOTICIA

El tiempo transcurrió, mi esposa se recuperó completamente y nuestro hijo crecía y se desarrollaba muy bien; para ese tiempo mi hermana Margarita había regresado de Colombia y con ella mi mamá, quien nos ayudó mucho con el niño y como vivíamos cerca, ella cuidaba de él, mientras Lucy y yo trabajamos. Tenía nuestro hijo seis meses de edad, cuando un día llegaron dos hombres a la joyería, preguntando por mi esposa y por mí. Fue una visita bien desagradable, pues se trataba de dos oficiales de inmigración, quienes obviamente indagaron por nuestro estatus legal en el país. Nos pidieron la residencia y... ¡zas! No la teníamos. En ese momento fuimos detenidos, y llevados a nuestra casa para recoger los pasaportes de cada uno de nosotros y posteriormente nos llevaron a una oficina del servicio de inmigración. Parece que mi esposa y yo le caímos bien al tipo, porque nos tomó fotografías a los dos y cada una con un número en el pecho, inicialmente pensé que era nuestro número de teléfono, pero no era así, era el número con el cual identificaban a los detenidos. El oficial de inmigración nos trató bien y nos preguntó si teníamos hambre, nuestra respuesta fue afirmativa, entonces nos dejó en la oficina y nos consiguió unos sándwiches de jamón y queso. Mientras estábamos solos detallamos su escritorio, el cual tenía un vidrio que le cubría y debajo del vidrio, el escritorio estaba literalmente tapizado con tarjetas de presentación de cuanto restaurante y discoteca colombianos funcionaban en la ciudad; entendí entonces el porqué de tantas redadas de inmigración en esos días.

Por cuanto no mentimos en nuestros datos de identidad y domicilio, nos dejaron en libertad, con una fecha en la cual deberíamos presentarnos en la corte, frente a un juez de inmigración. Al acudir a la corte en la fecha señalada, nos presentamos sin abogado, ya que uno de ellos quería cobrarnos US$ 600.00 con el argumento de representarnos y lograr que el juez nos diera un mes más para permanecer en el país; a lo cual dijimos que con ese dinero podríamos vivir un buen tiempo en Colombia.

Recordé una definición de abogado que había leído en una revista selecciones:

"Abogado es aquel que recupera lo que nos han quitado, para quedárselo él".

Llegado el día de acudir a la corte, el juez me preguntó dónde estaba mi abogado, le contesté que no tenía. Me miró fijamente y me cuestionó de nuevo, queriendo saber el porqué. Le dije que lo que yo tenía que decir, lo podía decir yo mismo y sin la ayuda de un abogado, más aun, le expliqué que éramos conscientes de haber violado las leyes del país al habernos quedado sin permiso del gobierno, pero que amábamos este país, él nos miró y nos dijo que íbamos a ser deportados.

Atrevidamente le pedí que si le era posible me ayudara en algo.

Le expliqué que mi hijo nació en el Lutheran Medical Center de Brooklyn y que yo tenía una deuda con el hospital por causa de su nacimiento, y que la cesárea y hospitalización, me habían costado $4.000.00 dólares, que yo estaba pagando $100.00 dólares mensuales, y que yo necesitaba que me diera permiso por lo menos por nueve meses para estar en el país para seguir trabajando y así poder pagar esa deuda, a lo cual el juez respondió que esa deuda no era de incumbencia de la corte y que después de cinco años la ciudad la cubriría; más sin embargo, el juez nos dio tres meses para abandonar el país, allí mismo nos declaramos en auto deportación, lo cual significa que nosotros saldríamos voluntariamente, pagando nuestros propios pasajes y sin ser carga para el gobierno.

DE REGRESO EN COLOMBIA

Tres meses más tarde estábamos llegando de regreso a Colombia, llevábamos nuestros ahorros y todas nuestras pertenencias, incluidas todas las herramientas de relojería.

Para estos días mi hermano Horacio se había mudado para la
población de Sevilla en el departamento del valle. Tenía una casa
para la venta, y nosotros se la habíamos comprado y por esta razón nos mudamos para esta población.

La estadía en Colombia fue muy traumática desde el inicio.

Nuestros ahorros en efectivo sumaban $4.000.00 dólares, y
debíamos cambiarlos por pesos colombianos. El dólar había permanecido a razón de $70.00 pesos por dólar y desde hacía varios
meses permanecía en esa condición, así que los vendimos.

Por poco nos arrancamos la cabeza, al darnos cuenta de que
quince días después de la venta, el dólar se había disparado a
$300.00 pesos por dólar.

VIVIENDO EN SEVILLA VALLE

En Sevilla las cosas no iban a estar mejor. La casa que le compramos a mi hermano había sufrido daños en un terremoto que sucedió unos meses atrás, que le ocasionó algunas agrietas y tenía varias áreas con humedad, que sin previo aviso llenaban la cocina, la sala y la alcoba de agua; en síntesis, había comprado una grieta en una laguna. Posteriormente vendí esta casa perdiendo dinero en la venta y establecí un lugar para la reparación de relojes, cosa que no funcionó bien, pero lo peor de todo fue que nuestro hijo se enfermó de una infección intestinal. Estuvo ocho días internado en el hospital, al cabo de los cuales, un doctor del cual no quiero ni recordar su nombre, me dijo que mi hijo no respondía a ningún tratamiento y que era mejor que me lo llevara para la casa para que se muriera allá.

No recuerdo quién, pero alguien me habló de un pediatra muy bueno, pero tenía que viajar hasta la ciudad de Armenia, en el departamento del Quindío, así que hasta allí fuimos mi esposa y yo con el niño. Cuando el médico lo vio, lo primero que preguntó fue por la condición económica nuestra, ya que el niño tenía deshidratación de tercer grado y debía estar en el hospital por lo menos un mes. Le dijimos al médico que lo tratara y que veríamos cómo hacer para conseguir el dinero; mientras tanto mi suegra y otras señoras estaban orando por la salud de Andrés Julián. Obviamente mi esposa y yo con el poco conocimiento que teníamos de Dios, pedíamos por un milagro, ya que en el hospital el niño no presentaba ninguna mejoría. Y entonces sucedió que al cuarto día de hospitalización, era un lunes en la noche, yo había ido a visitar al niño, lo vi tan mal, sus ojos estaban sin vida y vidriosos, perdidos mirando al infinito, lloraba pero no tenía lágrimas y su piel estaba pegada a sus huesitos. Poco después empezó a boquear como cuando un pez es sacado del agua y entonces comprendí que esa noche sería la última noche en la que vería a mi hijo con vida; lo besé y le di un abrazo de despedida en el que dejé parte de mí; presentí que no lo vería más y regresé tarde en la noche a Sevilla.

EL MILAGRO DE LA VIDA

Mi esposa seguía con el niño en el hospital; esa misma noche al llegar a Sevilla me preguntaron por él, contesté que no creía que iba a sobrevivir y que a juzgar por las condiciones en que lo había visto, esa sería su última noche. Lo asombroso es que el martes en la mañana, llamé para indagar sobre la salud del niño y con un terrible miedo de que me dijeran que había muerto. Cuando hablé con mi esposa me dijo que el niño estaba perfectamente bien, y no sólo eso, sino que ese mismo instante le estaban dando de alta, aún en mi incredulidad pensaba que eso era algo imposible o que mi esposa estaba desvariando. Ni los mismos médicos sabían qué estaba pasando, hoy entendemos que fue una intervención divina de Dios, quien nos privó de un dolor tan grande como es el de ver partir a un hijo. Aunque las cosas mejoraron un poco, se pondrían mal en otro aspecto. Parece ser que algo le hicieron a mi esposa, porque unos días después y sin motivo alguno, de la noche a la mañana, empezó a manifestar que ya no me amaba y que ya no quería estar conmigo. Literalmente me odiaba, es que no podía verme ni pintado. Decidido a encontrar una solución y pensando que lo que ella tenía era cansancio o estrés, nos fuimos de vacaciones para Cartagena, una ciudad de la costa atlántica de Colombia y un destino turístico muy apreciado. La situación no mejoró para nada, al punto que por poco la dejo tirada en esa ciudad.

Sin más remedio regresamos a Medellín, dejé a mi esposa con su mamá quince días, para que repensara y se oxigenara un poco, mientras yo me regresaba a Sevilla.

Mi esposa cumplió su tiempo en Medellín, y regresó a casa, pero nada cambió.

Desesperado por la situación, visitamos un yerbatero en la ciudad de Tuluá Valle. Hacíamos todo lo debido y lo indebido y nada cambiaba; hasta que, por otra intervención divina de Dios, mi esposa fue libre de esa opresión y todo volvió a la normalidad.

Finalmente tenía a mi amada esposa de regreso. No entendi-

mos que podría estar pasando, pero cuando no se tiene un conocimiento de Dios ni de su palabra podemos vivir en la ignorancia
y haciendo cosas que desagradan a nuestro creador, visitando a
médiums, yerbateros o brujos, nunca obtendremos una verdadera
respuesta o solución a nuestros problemas; y por la ignorancia de
lo que Dios dice en su palabra, lo único que podemos hacer es
agravar más nuestra situación.

Miremos lo que dice en Deuteronomio 18:9-14 RVR1960
*"Cuando entres a la tierra que Jehová tu Dios te da, no aprenderás a ha-
cer según las abominaciones de aquellas naciones. No sea hallado en ti quien
haga pasar a su hijo o a su hija por el fuego, ni quien practique adivinación,
ni agorero, ni sortílego, ni hechicero, ni encantador, ni adivino, ni mago, ni
quien consulte a los muertos. Porque es abominación para con Jehová cualquiera que hace estas cosas, y por estas abominaciones Jehová tu Dios echa
estas naciones de delante de ti. Perfecto serás delante de Jehová tu Dios. Porque estas naciones que vas a heredar, a agoreros y a adivinos oyen; más a ti
no te ha permitido esto Jehová tu Dios".*

Surge entonces la pregunta: ¿De dónde viene pues nuestra
ayuda?

La respuesta es bien clara y está en el Salmo 121 RVR1960
*"Alzaré mis ojos a los montes; ¿De dónde vendrá mi socorro? Mi socorro
viene de Jehová, que hizo los cielos y la tierra. No dará tu pie al resbaladero,
ni se dormirá el que te guarda. He aquí, no se adormecerá ni dormirá el que
guarda a Israel. Jehová es tu guardador; Jehová es tu sombra a tu mano derecha. El sol no te fatigará de día, ni la luna de noche. Jehová te guardará de
todo mal; El guardará tu alma. Jehová guardará tu salida y tu entrada desde
ahora y para siempre".*

Cualquier otra ayuda terminará costándote muy caro, además
si Dios nos hizo y nos formó, Él mismo tiene como prestarnos
una ayuda efectiva e inmediata. Nadie más puede hacerlo.

POR EL HUECO

Después de todo lo sucedido, vendimos todo en Sevilla y nos mudamos para Medellín decididos a regresarnos a los Estados Unidos. Claro está, tenía que ser por el hueco, ya que nuestro récord era bastante tenebroso y no nos permitía solicitar una visa de turista. Pensando nosotros en esto, nos llegó la noticia de que mi hermana Margarita había hecho una solicitud de residencia para nosotros, eso sonaba muy bien; el problema es que me estaba pidiendo una hermana en calidad de ciudadana de los Estados Unidos, lo cual me ubicaba en la quinta preferencia y esto me ponía en una lista de espera, lo que implicaba que yo debía esperar cuatro años en Colombia; mi respuesta fue que estaba bien que ella me pidiera, pero que yo ni loco iba a esperar cuatro años en Colombia; que yo me iba para los Estados Unidos costara lo que costara.

Vendimos todo, contactamos de nuevo al "coyote" quien nos pasaría por la frontera entre México y Estados Unidos. Como todo estaba arreglado, los tiquetes comprados y las fechas cumplidas, entonces volamos a la ciudad de México, luego tomamos un carro que nos llevaría a Monterrey, hicimos el contacto con las personas que nos guiarían y finalmente en nuevo Laredo Méjico nos dirigiríamos hasta la frontera y cruzaríamos el río grande para posteriormente entrar en territorio estadounidense.

DE NUEVO EN EE. UU.

Desde nuevo Laredo emprendimos nuestra última trayectoria que se constituiría en una aventura que nos permitiría llegar a los Estados Unidos; recuerdo que eran como las 11:30 de la noche cuando llegamos a cierto lugar "cercano" a la frontera. Nos reunimos con otras personas, quienes también participarían de esta aventura y cuyo deseo era como el nuestro, cruzar a territorio gringo. Caminamos por un lugar desértico, a pesar de la hora el calor era tremendo y después de haber caminado dos horas por el desierto, nos encontrábamos frente al río grande y para cruzar este río debíamos inflar un bote de goma con nuestras propias bocas, así que las bocas de todos los que hacíamos parte de aquella travesía serían nuestras herramientas. Eramos como diez personas y una vez cumplimos los respectivos turnos para soplar, teníamos el bote inflado y listo para cruzar el río grande, lo cual hicimos y al llegar al otro lado estábamos en territorio estadounidense, nos hallábamos en Laredo, Texas. Nuestro hijo tenía veintiún meses de edad, nacido en los Estados Unidos y estaba cruzando a su propio país por el hueco, como si él fuera ilegal, ¡qué insólito! Al cruzar a Laredo, Texas ingresamos al patio de una propiedad que resultó ser el de un motel, en el cual estuvimos unos días.

APARECIÓ DE LA NADA

Una mañana del 4 de julio de 1984. Como es bien sabido el 4 de julio es el día en el que se celebra la independencia de los Estados Unidos, este mismo día y después de haber permanecido cuatro días en este motel, el "coyote" nos dijo que ese era un buen día para ir al aeropuerto y tratar de tomar un avión rumbo a Miami, ya que por ser ese día, el de independencia, los oficiales de inmigración tenían este día libre, así que allí podíamos tomar un vuelo que nos llevaría a San Antonio, Texas y posteriormente a Miami, que era donde mi hermano Martín vivía. Salimos para el aeropuerto, y al llegar a éste observamos con cierto temor hacia todos lados y pudimos notar que todo parecía estar bien, como todo parecía estar bien, nos dirigimos al mostrador de la aerolínea para obtener nuestro pase abordo hacia la libertad. Cuando nos encontrábamos entregando la maleta, alguien me estaba tocando el hombro; cuando volteé a ver quién era; de la "nada" había aparecido un oficial de inmigración. Parecía salido de un cuento de hadas, era un tipo musculoso, buen mozo, rubio, alto, de ojos azules, con espejuelos oscuros y como de unos dos metros de estatura, era un encanto, ¡parecía un ángel! Por un momento pensé que este apuesto caballero venía para ayudarme con el equipaje, pero era demasiado hermoso para ser realidad. El encanto se desvaneció cuando nos pidió la residencia, desde ese preciso momento aquella visión casi celestial cambió y empecé a verlo como si fuera un emisario de Satanás y que venía desde el mismísimo infierno. Y como ya era costumbre en estos casos, se abrió la investigación, luego el interrogatorio, después las huellas y finalmente la fotito con número en el pecho. ¡Quedamos divinos!

ENCARCELADOS

Estuvimos detenidos quince días en el centro de detención de inmigración de Laredo, Texas. Mi esposa estuvo con el niño en una cárcel para mujeres y yo con los hombres en otra cárcel y con una fiancita de $15.000 dólares.

La frustración, la confusión, la desesperación y la depresión tomaron lugar en mi vida. Fueron días muy difíciles de sobrellevar, días llenos de muchas preguntas y sin ninguna respuesta. Estar privado de la libertad afecta muchísimo y ver todos los planes y proyectos siendo destruidos cuestionan mucho la existencia y afectan terriblemente las emociones y los sentimientos, de tal manera que los deseos de cometer suicidio tocaron a mi puerta, aunque pensé en ello por algún tiempo, tomé la sabia decisión de no atentar contra mi propia vida, decidí seguir viviendo y esperar por un mañana mejor y creer que de aquella desafortunada situación de alguna manera íbamos a salir bien. Finalmente le pagamos $3.000 dólares a una casa de fianzas y nos dieron libertad de estar en el país por otros tres meses.

EN MIAMI

Viajamos a Miami, y estuvimos viviendo con mi hermano Martín. Con él me especialicé en relojería, ya que él era mucho más técnico que yo, pues había trabajado con la compañía Bulova en New York y me fue de gran ayuda; él perfeccionó lo que yo había aprendido con mi hermano Carlos. Con mi hermano Martin también aprendí a hacer algunas reparaciones en oro, a trabajar con cerraduras y todo lo que tiene que ver con llaves y cambios de clave. Vivir con Martín fue una escuela, pero fue emocionalmente muy difícil, porque él tenía todo el equipo y las herramientas que yo vendí en Colombia y que ahora ya no poseía y esto como era obvio me recordaba constantemente todo lo habíamos perdido.

La situación que estábamos viviendo en ese momento significaba la bancarrota, estábamos en la ruina y lo peor de todo es que tendríamos que regresar a nuestro país para empezar de nuevo y desde cero. La tristeza y la depresión se hicieron parte de mi diario vivir, mi mente no paraba de pensar y pensar; y en mi corazón empecé a sentir temor por el futuro, sobre todo el hecho de encarar la realidad de haber tenido cierta solvencia económica y ahora no tener nada. Para mí el dinero lo era todo, con dinero era Don Rodrigo, sin él no era nadie; el dinero no solamente me daba estatus, en él sin darme cuenta estaba puesta toda mi confianza, era mi identidad y mi seguridad, y ahora que se había esfumado; me sentía sin piso ni solidez. Sin saberlo el dinero se había constituido para mí en un dios al que le servía, le idolatraba y le rendía culto sin ser consciente de ello.

En 1ª de Timoteo 6:10 RVR1960, el apóstol Pablo le escribe a Timoteo y le advierte a cerca de servir al dios dinero, porque este dios esclaviza, estrangula y siempre paga mal al que bien le sirve.

Dice así: *"porque raíz de todos los males es el amor al dinero, el cual codiciando algunos, se extraviaron de la fe, y fueron traspasados de muchos dolores"*

El dinero es neutro, no es bueno ni es malo. Si ponemos dinero en las manos de un padre de familia, seguramente llevará alimentos para sus hijos, pero si hacemos lo mismo con un maleante, este comprará un arma, drogas o alcohol.

Claramente vemos en la advertencia del apóstol pablo que el dinero no es malo, lo que es malo es "el amor al dinero"

"En el dinero debemos poner nuestra buena administración, y en Dios debemos poner nuestro amor y nuestro corazón", de esta manera el dinero será una buena posesión, que trabajará para nosotros y no nosotros para servir al dinero.

EN DIRECCIÓN A NEW YORK

Casi al final de los tres meses que inmigración nos había dado para estar en el país, le pedí a mi hermano Martin que, si era posible que viajáramos a New York, pues quería despedirme de mi familia y especialmente de mi mamá, quien vivía allí con mi hermana Margarita. Él accedió a hacer el viaje, con la condición de regresar el mismo día en que llegáramos, ya que él tenía mucho trabajo para hacer. Hicimos el viaje en el mes de octubre de 1984, en efecto cuatro horas después de llegar a New York nos regresamos, cabe decir que el tiempo de viaje entre Miami y New York, con un buen promedio de velocidad, son aproximadamente veinticuatro horas y en este caso eran veinticuatro horas en la ida y veinticuatro horas en el regreso, con un descanso intermedio de cuatro horas. La visita a mi familia me afectó mucho emocionalmente, pude ver en sus rostros el pesar por mi condición y por el inminente regreso a Colombia, pero lo que más me afectó es que me hubiesen visto arruinado y derrotado. La despedida fue muy triste y después de abrazos y besos nos regresamos a Miami.

EN MIAMI ME ESPERABA LA MUERTE

Ya en la Florida y muy cansados por el largo viaje, empecé a sentir una especie de dolor combinado con adormecimiento en mi brazo izquierdo, mi cuello y parte del pecho, cosa que le atribuí al mismo cansancio del viaje. Si no estoy mal, creo que fue como a la altura de West Palm Beach, una ciudad distante unas dos horas de Kendall, que era la zona del área de Miami en la que residíamos; que el malestar aumentó y todo lo que yo quería en ese momento era que el viaje terminara de una buena vez.

He sido una persona muy diligente y activa, pero al llegar a la casa, le dije a mi esposa que no me sentía bien, que me sentía sin fuerzas y que por favor tratara ella misma de sacar las cosas del carro, que atendiera al niño, que para este tiempo había cumplido sus dos años y que luego se acostara, porque yo ya no tenía fuerzas para ayudarle; eran como las once de la noche cuando llegué por fin a mi cama.

PARO CARDÍACO FULMINANTE

En el momento en el que me acosté, experimente algo así como la pérdida del ritmo cardíaco, no soy médico, pero creo que lo que me dio fue taquicardia o algo parecido, lo cual me asustó muchísimo. Me quedé totalmente inmóvil y con mucho temor; pues pude notar que mi corazón como que trastabillaba o tropezaba en su ritmo cardíaco. Un corazón normalmente suena como "tum tum, tum tum, tum tum" pero en esta ocasión lo sentí como "tum tum, tutuuuuuumtu, tuuuuuuumtu, tum tum", bueno esta es la forma más simple en la que puedo explicar lo que me estaba sucediendo en ese momento. Si usted amigo lector alguna vez ha experimentado lo que yo experimenté, sabe de lo que estoy hablando y tratando de explicar, sé que usted me podrá entender perfectamente; y si alguno de ustedes nunca ha tenido perdida del ritmo cardíaco, no lo anhele y espero que nunca lo tenga.

En medio del desconcierto y del susto que experimenté, abrí mis ojos y puse toda mi atención para ver si el episodio de la taquicardia o de la pérdida del ritmo cardíaco me iba a repetir, para así pedir ayuda; en el silencio de la noche podía escuchar mi propio corazón y escuchándolo me di perfecta cuenta del preciso momento en el que mi corazón dejó de latir; había sufrido un paro cardíaco fulminante... y apareció una luz roja que decía "Game over". No mentira, éste es un chiste mío. Después de este episodio en el que mi corazón dejo de latir, en el que no tuve tiempo de pedir ayuda; como dicen por ahí: "No alcance a decir ni pío". En un infarto hay tiempo de pedir ayuda, pero en una muerte súbita no. Ese fue el final de un largo viaje que me llevaría a tomar otro que, si no hubiese sido por la misericordia del Dios todo poderoso y eterno, habría sido un viaje sin regreso; viví una de las experiencias más sobrenatural y aterradora que alguien pueda llegar a vivir o a experimentar.

EL MÁS ALLÁ

Cuando mi corazón dejó de latir, sentí como si el colchón de mi cama se hubiese convertido en mantequilla y yo en un cuchillo caliente; me hundí en él hasta atravesarlo por completo, la sensación fue como que el colchón se separó en dos partes, justamente a lo largo y por la mitad, mi cuerpo por el medio de él se fue hacia abajo.

En ese momento experimenté el vacío que se siente cuando se está cayendo desde un lugar alto. Ese vacío iba acompañado del miedo que se vive cuando de improvisto se va cayendo y no se tiene conciencia de hacia dónde caemos.

Quiero explicar que la naturaleza del ser humano es bien compleja, de hecho, somos seres tripartitos, el hombre está formado por un espíritu, un alma y un cuerpo, esto es conocido como la tricotomía humana.

En otras palabras, el hombre es un espíritu, que tiene un alma y que vive en un cuerpo.

El espíritu está compuesto por: La comunión, la intuición y la conciencia.

El alma está compuesta por: las emociones, los sentimientos, la voluntad y la capacidad cognoscitiva y de razonar que tiene el ser humano, llamada la mente.

El cuerpo pues es la parte visible del hombre, es la envoltura y a la vez el contenedor de todos los órganos y tejidos que hacen de un cuerpo todo un organismo viviente, y así como un astronauta necesita de un traje espacial que le permite de una manera segura estar fuera de la Tierra en el espacio exterior; de la misma manera nuestro espíritu y nuestra alma necesitan de este traje "espacial" llamado cuerpo, que le permite estar en la Tierra, pero una vez salimos de él y volamos a la presencia del Señor, el traje se queda y es desechado; es hecho polvo, porque del polvo viene al polvo ha de volver.

Explico esto porque deseo ser bien entendido, ya que hablaré con la mayor claridad posible y trataré de plasmar lo más fielmente posible en el papel mi experiencia después de la muerte; lo haré con integridad y transparencia. Delante de Dios estoy y no miento. Mi espíritu y mi alma salieron, dejando a mi cuerpo vacío, por esta razón recuerdo todo tal como sucedió; y si mi alma estaba en este viaje, entonces allí también estaban mis emociones, mis sentimientos, mi voluntad y mi mente, el alma es el verdadero yo, lo cual quiere decir que mi yo estaba consciente de lo que estaba pasando; recuerde amigo lector que estoy narrando mi propia muerte y no estoy hablando de una pérdida de la conciencia o de un desmayo, esto queda establecido ya que yo tenía los ojos abiertos cuando estos dos episodios sucedieron, tanto la pérdida del ritmo cardíaco, como el paro cardíaco.

Así que queda claro que yo no estaba dormido, por consiguiente, estos dos episodios no hacen parte de un sueño, ni de una visión, ni de una pesadilla, ni de un desdoblamiento, ni de una salida en astral como dicen por ahí. Una vez que experimenté la caída al vacío y recobré cierta calma y pude ver como en una pantalla gigantesca y con todo lujo de detalles toda mi vida. Pude ver eventos y episodios desde mi niñez hasta el momento en que me estaba muriendo y también comprobé con claridad que todos los eventos en verdad hicieron parte de mi existencia, vi en la pantalla la proyección de las imágenes de mi pasado lejano y cercano, en las que podía reconocer personas, circunstancias y momentos de los cuales yo hice parte en las diferentes etapas de mi vida. Pude reconocer las voces de las personas que aparecían, también recordé momentos que ya había olvidado, pero que sabía que había vivido. Las imágenes eran a todo color y en alta definición. Tenía para ese entonces veintiséis años.

Como dije anteriormente, las imágenes eran reales, a todo color y podía escuchar las voces de cada una de las personas que se encontraban en cada una de las distintas escenas, las cuales pasaban rápidamente; una detrás de otra. Parece que al dejar la tercera dimensión, que es donde usualmente nos movemos y vivimos, entramos en una transición hacia cuarta dimensión, es como un lugar intermedio en donde no estamos limitados por el factor tiempo-espacio; lo digo porque en tiempo real toda aquella proyección de imágenes podría tomar horas, pero en la dimensión donde me encontraba eran sólo minutos, quizás segundos, pero eran segundos más que suficientes para ver, entender y comprender toda una vida; sería como si alguien pudiera leerte un libro de 450 páginas en dos segundos y tuviera la capacidad de entender perfectamente todo su contenido. Esto tal vez para usted es objeto de duda, pero sólo será posible en un lugar que no esté limitado por el tiempo y por el espacio.

En el momento de ver toda mi vida pasar frente a mis ojos, recordé que eso sólo podía suceder con personas que se estaban muriendo. Quiero aclarar que hasta ese instante yo todavía no estaba muy consciente de lo que me estaba pasando, aún no me había dado cuenta de que me estaba muriendo y fue en este momento en que me hice consciente. Al hacerme consciente de esto, recuerdo que consideré la posibilidad de estar muriendo.

De pronto me vi de pie en la habitación y entonces algo detrás de mi llamó poderosamente mi atención. Al darme vuelta pude ver mi cuerpo que yacía en la cama, supe entonces que algo no estaba bien, porque parecía que tenía dos cuerpos. El que yacía en la cama y el que estaba de pie. Pude observar que el que estaba tendido en la cama estaba inmóvil, mientras que el que ahora estaba de pie se podía mover y parecía estar lleno de vida, así que empecé a mirarme de arriba a abajo y me vi con todas mis extremidades, sólo que al mirar mis manos, no solamente las podía ver, sino que podía ver a través de ellas, era como si fueran sólidas pero a la vez completamente transparentes, me di cuenta de tener manos, pies, cabeza, era un cuerpo completo, ese era mi cuerpo espiritual, lo cual me dio una gran luz de cómo es el espíritu del hombre, tiene forma corporal. Ya no me quedaba duda que estaba muriendo o ya estaba muerto. Al darme cuenta de esto la sensación fue terrible y empezó dentro de mí una gran lucha porque no quería morir. En el afán de volver a la vida, porque no quería morir o al menos no quería saber que me estaba muriendo; me volví de espaldas, en reversa hacia mi cuerpo que yacía inmóvil sobre la cama, y una vez allí, me acosté sobre él, me ajustó muy bien ya que era de mi talla; fue como meter la mano en un guante hecho a la medida.

Seguro de estar bien acomodado en mi cuerpo, rápidamente me senté; esperando que mi cuerpo de carne se levantara juntamente con mi cuerpo espiritual, pero no fue así, mi cuerpo espiritual se sentó, pero el de carne no, seguía acostado e igual de inmóvil.

Nuevamente me acosté dentro de mi cuerpo y recuerdo que la desesperación se apoderó de mí y en el afán de volver a la vida, metí mis dos manos de mi cuerpo espiritual en mi cuerpo de carne, las empuñé y con todas mis fuerzas levanté mis dos manos, queriendo levantar las que yacían en la cama, pero fue en vano, sucedió igual, las manos del espíritu se levantaban, pero las de mi cuerpo de carne se quedaron inmóviles. Dándome por vencido me puse de pie y me dije que si estaba muerto ya no había nada que hacer, sólo aceptar la realidad; fue en ese momento que recordé lo que tantas personas alguna vez hablaron acerca de los que morían y contaban de un túnel de colores con una luz al final de él, y hablaban de la presencia de seres vestidos de blanco que venían a darle la bienvenida. Así que me propuse ir hacia aquel túnel y ver que podía pasar, a decir verdad, ya estaba curioso por saber quién me daría la bienvenida, cosa que no ocurrió.

CAMINO AL INFIERNO

Sentí algo así como la fuerza de atracción de un gran imán, que no me permitió quedarme en el lugar donde estaba mi cuerpo de carne, no pude evitar avanzar. También quiero aclarar que en ese momento estaba muriendo sin Cristo en mi corazón, tenía un trasfondo católico, conocía sobre religión, pero no había recibido al Señor Jesucristo en mi vida y en mi corazón, haciéndole a Él mi Señor y Rey; y yo no tenía una relación personal con Dios. Además, creía que el infierno no existía, más aun yo decía abiertamente que el diablo era uno mismo y que el infierno estaba en la Tierra, ¡pero qué equivocado estaba!

La fuerza que me atraía me llevó, digo que me llevó porque no sentía que caminaba, sino que me desplazaba y me llevó hasta el borde de un gigantesco hoyo, ¡era espantoso! Era muy grande, profundo y oscuro, su oscuridad era muy densa, al llegar allí, mi cuerpo espiritual se acostó mirando hacia arriba ubicándome justo en la parte superior y central de aquel hoyo. Acostado y mirando hacia arriba con mis manos y pies abiertos, empecé a descender dando vueltas, mi cuerpo giraba en sentido contrario a las manecillas del reloj, cada vez que giraba lo hacía en espiral, cada vez que giraba daba una vuelta y me hundía más y cada vez más era tragado por este inmenso y oscuro hoyo, los giros me llevaban hasta el fondo. El terror, el miedo, la desesperación y la impotencia que sentí nunca antes en mi vida los había experimentado. Gritos desgarradores salían de mi interior y llamé a voz en cuello a mi esposa, repetidas veces lo hice, cada vez con más fuerza y terror: "Lucy, Lucy, Lucy".

Pero no hubo respuesta; finalmente me acordé de que Dios existía.

No hay mejor momento para acordarse de Dios que cuando estamos desesperados y cuando nadie más puede ayudarnos o tendernos la mano.

Exclamé a gran voz:

¡Dios mío, me estoy muriendo! ¡Por favor ayúdame!

¡Quiero volver, no quiero morir, dame otra oportunidad! ¡Por favor ayúdame!

En ese momento el descenso se detuvo y en un abrir y cerrar de ojos volví a mi cuerpo; de inmediato me senté en la cama, ya mi esposa se había acostado y se había dormido, entonces la empujé con mis manos y le dije:

¿Cómo es que yo te llamo y te grito y tú no me respondes?

Su respuesta me dejo frío: ¡Cuál llamo y cuál grito, si desde que te acostaste ni te has movido!

Y eso no era normal en mí, ya que antes de dormirme doy unas cuantas vueltas. Seguidamente le conté a mi esposa toda la experiencia vivida. Considero que por todas las tareas que ella realizó antes de ir a la cama, las cuales incluían atender al niño, bañarlo, darle su biberón, ponerle el pijama y acostarlo, además de las atenciones que mi esposa requería antes de ir a la cama, calculamos que pasaron aproximadamente treinta minutos, a través de los cuales yo estuve muerto e inmóvil en mi cama.

Quiero hacer énfasis en que este hoyo por el que descendí no es un hoyo cualquiera.

La Biblia habla de él, no como un simple hoyo o como un bache en una vía, sino como un lugar específico. Veamos lo que dice el Salmo 103 RVR1960 en sus primeros versículos y muy especialmente en el verso 4

"Bendice, alma mía, a Jehová, y bendiga todo mi ser su santo nombre. bendice, alma mía, a Jehová, y no olvides ninguno de sus beneficios. él es quien perdona todas tus iniquidades, El que sana todas tus dolencias; El que rescata del hoyo tu vida, El que te corona de favores y misericordias; El que sacia de bien tu boca de modo que te rejuvenezcas como el águila".

Y el apóstol Lucas es mucho más claro:

Lucas 6:39 RVR1960

"Y les decía una parábola: ¿Acaso puede un ciego guiar a otro ciego? ¿No caerán ambos en el hoyo"?

Nótese que no dice en un hoyo, como si se refiriera a cualquier hoyo, sino en el hoyo, el hoyo es un lugar específico y es lo que yo pude ver como el camino al infierno, éste es el lugar donde finalmente van todos aquellos que ignoramos a Dios, sus leyes, principios y mandamientos.

UNA SEGUNDA OPORTUNIDAD

Esta confrontación entre la vida y la muerte partió mi vida literalmente en dos; en un antes y un después. Todas las mañanas que siguieron a este evento, el poder abrir mis ojos y respirar, me recordaban que estaba viviendo tiempos extras y que definitivamente estos tiempos hacían parte de una segunda oportunidad que Dios me estaba dando y esto me hacía consciente de que muchos son los que han pasado el umbral de la muerte y no han podido regresar, así que entonces todos los días le preguntaba al Señor: "¿Señor, si yo no soy el mejor, porque me dejaste volver?", "¿qué es lo que quieres de mí?".

Obviamente este acontecimiento me ha permitido ver la vida de otra manera, y sobre todo a valorarla y a vivirla plenamente. Si todos aquellos que no valoran la vida y están pensando en suicidarse tuvieran la experiencia que yo tuve, estoy completamente seguro de que desistirían de hacerlo.

El infierno es real, yo conozco el camino. Dios no me rescató de la droga, del alcohol o de la prostitución; él me rescató de las garras del diablo y del infierno.

Quiero anotar que un boxeador norteamericano, del cual no recuerdo su nombre y que después de una pelea, de la que no salió muy bien librado; fue llevado al hospital y fue declarado clínicamente muerto, pero inexplicablemente volvió a la vida, después de volver a la vida narró una experiencia muy similar a la que yo tuve, con la diferencia de que éste hombre dice haber sido tragado por este mismo hoyo, pero bajó mucho más profundo, hasta llegar a un punto donde escuchó a gente en tormento, gritando y pidiendo ayuda.

También se cuenta de unos geólogos rusos que hicieron un hoyo en la superficie de la tierra y la taladraron hasta alcanzar grandes profundidades. La idea de este experimento era mirar las diferentes temperaturas de la corteza terrestre a diferentes profundidades, a medida que profundizaban introducían un micrófono, ¡pero vaya sorpresa! A la gran profundidad de 14.4 kilómetros escucharon gritos y lamentos tan aterradores, que cuando se oyen, literalmente el pelo se eriza; esto es comprobable histórica y científicamente, en www.google.com o en www.youtube.com hay bastante información al respecto.

Amigo lector no esperes a tener una experiencia como la que yo viví, para valorar tu vida y menos para acordarte de que Dios es real. Él es mucho más real de lo que crees o de lo que piensas y está esperando por ti; entrégale tu vida y tu corazón, al fin de cuentas, Él es quien te dio el permiso para vivir, además todo le pertenece a Él, absolutamente todo; lo que Él pide es que le des tu corazón y que tus ojos vean por sus caminos. Hazlo ahora, ¡qué esperas!

Jeremías 10:23 NVI
"Señor, yo sé que el hombre no es dueño de su destino, y que no le es dado al caminante dirigir sus propios pasos".

Según este pasaje bíblico, lo que dice saber Jeremías es bien importante. Dios es el dueño de nuestro destino y como si esto fuera poco, Él mismo es quién dirige nuestros pasos para que alcancemos ese destino que tiene para nosotros. Imagine por un momento de que usted está en venta, obviamente en el supuesto de que un ser humano pudiera ser vendido. Entonces yo veo en el periódico en la sección de clasificados que su mamá lo está vendiendo y pide por usted $300.00 dólares; como yo me intereso por usted, voy hasta el domicilio donde hacen la venta, me entrevisto con su progenitora y cierro el negocio dándole el dinero que pide por usted. Mire bien, su mamá sigue siendo su mamá, pero ahora usted me pertenece a mí porque yo le compré y pagué el precio que pedían por usted; y como ahora usted es mío y me pertenece, entonces soy yo quien tiene todo el derecho legal sobre usted y ahora yo puedo decidir qué hacer con usted, qué destino darle y haré todo lo que sea necesario para ordenar sus pasos, de tal manera que usted termine alcanzando el propósito que yo tengo para usted.

De igual manera cuando Cristo murió por usted, Dios el Padre estaba pagando un alto precio, que era el que estaban pidiendo por usted; y cuando usted recibe al Señor Jesús como su único y suficiente salvador, usted es rescatado de las tinieblas y trasladado al reino de la luz; cuando Cristo en la cruz dijo: "Hecho está", "consumado es". Dios estaba pagando por su vida con la vida de su único Hijo. Dios pagó un alto precio por usted, usted costó la vida de su único Hijo. Por usted se pagó un alto precio y ese precio fue pagado con la preciosa sangre de Jesucristo, el Hijo de Dios. Ahora usted le pertenece a Dios, porque él lo compró, él pagó el precio que usted valía y lo hizo hasta con la última gota de sangre que Jesús derramó en la cruz del calvario.

Por eso es por lo que usted no es dueño de su propio destino, Dios lo es. Por eso es por lo que a usted no se le es dado el permiso o el derecho para que ordene sus propios pasos, Dios es quien lo hace. Por eso es por lo que usted ya no se pertenece a usted mismo. Le pertenece a Dios. Usted es propiedad del Rey. Es lo que asegura la biblia:

1ª de Corintios 6:19-20 RVR1960 *¿O ignoráis que vuestro cuerpo es templo del Espíritu Santo, el cual está en vosotros, el cual tenéis de Dios, y que no sois vuestros? Porque habéis sido comprados por precio; glorificad, pues, a Dios en vuestro cuerpo y en vuestro espíritu, los cuales son de Dios.*

Después de esta experiencia en la que sufrí el paro cardíaco, un tiempo después y ya de regreso en Colombia, yo le entregué mi vida y corazón al Señor Jesucristo.

Y Él ahora es mi garantía de vida eterna y vivo más confiado y seguro, sobre todo porque sé que cuando Él de nuevo me llame a su presencia ya no iré por el mismo camino por el que fui, ahora iré por un camino que me llevará de regreso a mi casa, a la casa de mi Padre.

REGRESANDO A MEDELLÍN

Unos días después, tomamos un avión de regreso a Medellín, la llegada fue un poco más humilde y con menos recursos que la primera vez, o mejor dicho sin recursos en absoluto. Cuando nos bajamos del taxi que nos trasladó del aeropuerto a la casa de los padres de Lucy, fue mi suegro quien lo tuvo que pagar, ya que el dinero que yo llevaba en el bolsillo no alcanzaba para cubrir los honorarios del taxista. En otras palabras, estábamos fritos juntamente con nuestra economía.

VIVIENDO CON MI SUEGRA

Llegamos a vivir con mi suegra, era algo muy cómico, porque mi esposa y yo recordábamos que cuando recién nos casamos, yo le había dicho muy enérgica y decididamente como para que no quedara ninguna duda: "Recuerde que nos hemos casado usted y yo, pero no nos hemos casado con la familia".

¡Qué equivocado estaba!

Y para acabarla de regar le agregué: "No vamos a vivir ni con su familia, ni con la mía y menos con su mamá, porque yo con su mamá no viviría ni un día".

Terminé viviendo con mi suegra un año.

Este fue un tiempo muy lindo, el cual valoramos y apreciamos mucho. Nos servimos y nos amamos mutuamente; hoy en día mis suegros son muy amados por nosotros y sabemos cuánto ellos nos aman.

Un año después empezamos una nueva vida; la casa de mi suegra quedaba en un segundo piso, allí ocupábamos una habitación y luego nos mudamos para el primer piso. Teníamos todo un piso para nosotros, el asunto es que todo estaba vacío, hasta se escuchaba el eco de nuestros pasos, pero poco a poco, con mucho esfuerzo y con la ayuda de Dios fuimos adquiriendo algunas pertenencias que empezaron a darle a aquel lugar un ambiente de hogar.

Al mudarnos al primer piso, mi esposa estaba embarazada de nuestra hija Lina María y dos años después quedó en embarazo de nuestra última hija Carolina, ambos embarazos fueron de alto riesgo obstétrico y sus respectivos nacimientos fueron por medio de cesáreas, al nacer Carolina era la tercera cesárea para Lucy.

Nuestras dos niñas eran preciosas y bellísimas, aún lo son por dentro y por fuera. Ellas trajeron un aire de paz, de frescura y de gozo, que junto a nuestro hijo Andrés Julián llenaron la casa de alegría, juegos, gritos y risas. Nuestros tres hijos se convirtieron en las motivaciones necesarias para seguir viviendo; el solo hecho de saber que, si Dios no me hubiese permitido regresar de la muerte, nuestras hijas no habrían nacido, nos llenan de mucha gratitud hacia Él, sobre todo al pensar que Lucy se hubiese quedado viuda y con un niño muy pequeño.

A TRABAJAR SE DIJO

En este primer piso abrimos un pequeño negocio en la sala de la casa, donde me ocupaba en reparar relojes y vendíamos artículos eléctricos. Allí no nos iba muy bien, pero lo poco que ganábamos era suficiente para tener lo necesario y aunque podíamos ver muchas limitaciones, nunca nos acostamos con hambre; ni tampoco nos quejamos. Hacíamos todo lo posible para amoblar la casa con lo más económico y que estaba a nuestro alcance, porque como ya les dije cuando nos mudamos para esta casa, estaba casi vacía, tan vacía que cuando hablábamos hasta el eco se reía de nosotros.

Un tiempo después trasladé la relojería para el barrio Belén San Bernardo, en el sector sur occidental de Medellín. Estuvimos allí por seis años, durante los cuales, se despertó en mí un ansia por conocer a personas que hubiesen vivido la misma experiencia que yo viví; quería encontrar a alguien que me explicara claramente lo que me había pasado y sobre todo que me dijera qué era lo que Dios quería de mí.

Busqué con los parasicólogos y los gnósticos, pero sólo encontraba prácticas de brujería, espiritismo, metafísica y poder mental que no ofrecían ninguna ayuda y que, por el contrario, sólo traían más dudas y confusión que respuestas claras.

Fue por estos días que se vivió en Medellín la más cruel violencia por cuenta del narcotráfico y la guerra entre el cartel de Medellín y el cartel de Cali, este fue un tiempo muy triste y aterrador, plagado de carros-bomba, asesinatos, secuestros, desaparecidos y guerra, éste era el común de cada día.

MI ENCUENTRO CON DIOS

En el año 1991 sucedería otro acontecimiento que definitivamente cambiaría mi vida aún más y se iniciaría con mi hermano Martín quien seguía viviendo en Miami. Por ese tiempo su vida estaba bien desordenada. Desorden que traía por algunos años, en los cuales tuvo contacto con la brujería, santeros, alcoholismo, además de estar pasando por un divorcio que fue bastante traumático.

Cuenta él mismo que un día mientras se encontraba preparando unos alimentos, un niño que era su vecino, tal vez de unos doce años, notó que mi hermano tenía entre los ingredientes de cocina, una botella de whisky, y mientras agregaba sal y adobo a los alimentos que preparaba, notó que, entre sal, el adobo y los ingredientes mi hermano se mandaba sus tragos de whisky. Entonces el niño le dijo que, él sabía quién le podía quitar ese vicio y liberarlo de la bebida.

A mi hermano no le gustó mucho la intromisión del muchachito, así que le contestó que él no estaba buscando quien le quitara el vicio; el niño insistió tanto y por tantos días que mi hermano se vio prácticamente obligado a acompañarlo a la iglesia, pero al llegar a la iglesia, mi hermano en su corazón experimentó un rechazo total por todas las cosas de Dios, y por lo que allí se hacía y decidió irse. En la salida, parada en la puerta vio a una mujer rubia, esbelta y bellísima. Mi hermano se dijo a sí mismo que esa mujer tenía que ser para él, así que volvió la semana siguiente buscando a esta mujer, pero no la encontró. Justo en ese momento el pastor Medina, pastor de la iglesia Pregoneros de Justicia, estaba haciendo un llamado al altar para aquellas personas que estuvieran enfermas, tuvieran tumores o cosas similares. Mi hermano tenía un juanete (deformación de la base del hueso del dedo gordo del pie) grandísimo en el pie y respondió retando a Dios: *"Si el Dios que tienen aquí, es tan grande que me quite este juanete que tengo en el pie, aquí donde estoy, porque yo no voy a pasar hasta adelante donde se encuentra el pastor".*

Pese a su insolencia y atrevimiento Dios lo escuchó y justo allí, en un instante su juanete se desapareció; este hecho hizo que mi hermano se diera cuenta que estaba teniendo contacto con un poder mayor que el que conocía y eso fue suficiente para pasar al frente y en un profundo arrepentimiento, pidió perdón a Dios por sus pecados e invitó al Señor Jesús para que entrara en su corazón y fuera el Señor de su vida.

Mi hermano nunca más volvió a ser el mismo y se operó un cambio tan profundo que cuando me llamaba, parecía que era otro hombre el que me estaba hablando.

Queriendo compartir conmigo lo que estaba viviendo, me llamaba constantemente y me hablaba de Dios y de la Biblia, cosa que no me hacía mucha gracia y pensaba dentro de mí que mi hermano estaba loco o algo raro estaba fumando.

Un día recibí un paquete cuya procedencia era desde los Estados Unidos, corrí al correo para ver qué juego electrónico, qué loción, o qué billetico me habían enviado; y vaya sorpresa, ¡era una Biblia! Con una dedicatoria preciosa y el deseo de que la palabra de Dios como espada de doble filo entrara en mi interior hasta cambiarme por completo; la puse junto a las revistas de Condorito y otras revistas que acostumbraba a leer.

Por esos días llegó a mi casa un amigo llamado Omar Naranjo, eran como las siete de la mañana, venía con una borrachera terrible, y agarrado del marco de la puerta me gritó:

"Rodrigo, el que reza y peca empata".

Éstas palabras se me profundizaron y sentía que taladraban mi cabeza, máxime que Omar era lo que se consideraba un buen católico y creo que yo también lo era; este amigo se confesaba, comulgaba, asistía a misa y a todas las procesiones, prácticamente cumplía con todo lo que la religión católica requería, pero empecé a meditar en aquello que Omar dijo: "El que reza y peca empata", y pensaba dentro de mí que Dios era un Dios grande, de infinita misericordia, omnipotente, omnipresente, omnisciente y lleno de amor, pero no podía creer que Él fuera un Dios alcahuete. Eso de que "El que reza y peca empata", me era un absurdo y me resistía a creer que Dios lo aceptara.

El domingo siguiente mí esposa y yo como de costumbre fuimos a misa, ese día supuestamente me tocaba confesión; y a medida que mi turno para confesarme se aproximaba, observaba el cubículo llamado confesionario y pensaba que era allí donde me vendían la idea de un Dios alcahuete.

En el confesionario yo confesaba los pecados, supuestamente "me los perdonaban", pero lo único que sucedía es que yo tomaba más impulso para seguir siendo más malo; porque todo propósito de cambio y de ser diferente era fallido, lo cual me hundía cada vez más en el más profundo sentimiento de culpa y remordimiento que me llevaba a vivir en una constante condenación, por seguir haciendo y haciendo aquello que había prometido no seguir haciendo. Recuerdo que el sacerdote me hacía repetir estas palabras: "Me arrepiento de todo corazón por haber ofendido a un Dios tan bueno y prometo firmemente jamás volver a pecar". Esto es algo absurdo e imposible de cumplir, dada la condición del ser humano quien por naturaleza es pecador y su corazón está continuamente inclinado hacia el mal. El apóstol Pablo lo resume de esta manera: Romanos 7:19 RVR1960. *"Porque no hago el bien que quiero, sino el mal que no quiero, eso hago".*

Así que aquel día me negué a confesarme, mi esposa no podía entender el porqué de mi decisión, porque no sabía los cambios que Dios ya había empezado a provocar dentro de mi corazón, pero más tarde lo entendería plenamente. Esta fue la última vez que asistí a misa.

UN MILAGRO GENIAL

Por estos días, a mi esposa le descubrieron un tumor en el útero. Según el médico era casi del tamaño de su útero. Después de varios análisis y ecografías el médico decidió hacerle una laparoscopia para extraérselo. Obviamente estábamos muy preocupados y "Dioscidencialmente" mi hermano Martín nos estaba visitando, acababa de llegar desde Miami.

El cambio que percibí en mi hermano por teléfono ahora en persona era mucho más notorio. Llegué a pensar que definitivamente él estaba fumado algo raro, estaba loco o le habían lavado el cerebro. En realidad, Él parecía otra persona; se podía apreciar más calmado, con más paz y hasta su forma de hablar y sucio vocabulario habían cambiado.

En las mañanas se levantaba con la Biblia en la mano y yo podía ver que se apartaba para orar. No entendía lo que estaba pasando con él, pero sí estaba seguro de que era muy distinto al Martín que yo solía conocer.

Al tercer día de su visita le comenté a mi hermano, que yo estaba muy preocupado con la salud de mi esposa, le hablé del tumor y le dije que ella tenía una cita para una laparoscopia. Mi hermano me miró y con una seguridad única me contestó que a ella no la iban a operar; le respondí: "¿cómo qué no?", si ya la laparoscopia estaba programada, y el médico estaba listo. Me miró de nuevo, pero esta vez más fijamente y me dijo: "El mismo Jesús que pasó por Judea, por Samaria y por Jerusalén; es el mismo Jesús que hoy pasará por tu casa y tocará a tu esposa". Acto seguido llamó a mi esposa y le preguntó si ella creía que Dios la podía sanar, ella sin dudar respondió que sí. Fuimos a nuestro cuarto y le indicó a Lucy que se acostara sobre la cama, me pidió a mí que colocara mis manos sobre la parte baja del vientre de Lucy.

Mi hermano puso sus manos sobre las mías y esperé a que empezara a rezar como teníamos por costumbre, cosa que no sucedió, al contrario, *"le oí hablar con Dios como quien habla con un amigo, era la primera vez que escuchaba a alguien hablar con el Dios todo poderoso y eterno, con el creador de todo lo que es y existe de una manera tan íntima y personal".* En el momento en que mi hermano hablaba con Dios, recuerdo bien que hubo un instante en el que le habló a la enfermedad con mucha autoridad y denuedo; le ordenó que se saliera del cuerpo de mi esposa y allí declaró que mi esposa estaba libre de todo tumor, enfermedad o dolencia y que estaba completamente sana en el Nombre poderoso de Jesús.

Yo a la verdad no sentí nada, pero mi esposa confesó haber sentido un calor en su cuerpo; la verdad es que sí experimentamos una paz y una presencia muy linda. Allí en nuestra casa, mi esposa y yo guiados por mi hermano Martin, le entregamos nuestras vidas al Señor Jesús, le abrimos la puerta de nuestros corazones y le invitamos para que fuera nuestro Dios y salvador después de haber pedido perdón por todos nuestros pecados del pasado.

Mi hermano regresó a Miami y se cumplió el día de la cita para la laparoscopia, a la cual mi esposa acudió. El médico le dijo que antes de pasarla al quirófano, que él quería hacerle otra ecografía para ver cómo había evolucionado el tumor, lo cual hizo, pero, ¡cuál sería su sorpresa! Cuando en dicha ecografía, el tumor no apareció. Le decía a mi esposa que no entendía lo que estaba pasando, pues en su historial clínico y en las anteriores ecografías se podía ver la presencia del tumor, pero en esta última no.

Mi esposa le respondió con lágrimas de asombro y de gratitud que Dios la había sanado.

Este milagro nos sacudió muy profundamente y nos dimos cuenta que estábamos caminando sobre un terreno que antes no habíamos caminado y que ya no habría vuelta atrás, porque después de entregarle nuestras vidas al Señor Jesús, nunca más volveríamos a ser los mismos. Ahora los locos éramos nosotros y también sentíamos que nos habían lavado no solamente el cerebro, sino también nuestro corazón, nuestros labios, nuestras manos y nuestros pies, todo nuestro ser había sido lavado por la sangre de Jesús. Dios cambió nuestra forma de pensar, de sentir, de hablar, de obrar y de caminar, es que Dios es el único que puede cambiar y transformar el corazón del hombre.

GUIADOS POR EL SEÑOR

Bien cerca de nuestro lugar de trabajo, a 30 metros para ser más exacto, funcionaba una iglesia Pentecostal unida, se llama "unida" o "unitaria", por razón de que no creían en la doctrina y enseñanzas sobre la trinidad de Dios; claro está, yo no lo sabía esto y me congregué con ellos en unas cuatro oportunidades; pero no me sentía del todo bien allí.

Una tarde cuando regresé del trabajo a mi casa, me dispuse como era mi costumbre a ver televisión, recuerdo que estaban transmitiendo una telenovela que tenía por nombre "¿Por qué mataron a Betty si era tan buena muchacha?".

Cuando me senté frente al televisor, sentí una fuerza que me impulsó a apagarlo, luego me llevó hacia mi cuarto y me vi frente al clóset de mi esposa buscando algo, pero no sabía qué.

Mi mano se metió bien profundo detrás del clóset y tomé un objeto, cuando lo saqué resultó ser un radio de baterías pequeño y que llevaba tiempo en ese lugar y del cual no tenía ni la más mínima idea que estuviera allí. Lo prendí rápidamente y algo me guío a sintonizar una emisora que para mí era totalmente nueva, se llamaba "radio auténtica", era una emisora cristiana. Al instante escuché al pastor Enrique Gómez que, desde la ciudad de Bogotá, estaba compartiendo la palabra de Dios y en ese mismo instante estaba diciendo: "Hay sectas de error, que sólo bautizan en el nombre de Jesús; porque el bautismo fue ordenado por el mismo Señor Jesús y debía de hacerse en el nombre del Padre, del Hijo y del Espíritu Santo".

Explicó el pastor Gómez que el día en que el mismo Jesús fue bautizado, estaba él allí en el río Jordán en calidad de Hijo y se oyó una voz, la del Padre que decía: "Este es mi Hijo amado en el cual tengo complacencia"; y vino sobre él, el Espíritu Santo en forma de paloma. Allí mismo estaba el Padre, el Hijo y el Espíritu Santo.

Me quedó entonces la duda, de cómo sería que bautizaban en la iglesia que yo estaba visitando. El día siguiente hablé con uno de los líderes y le pregunté cómo era que ellos bautizaban.

Me dio tres respuestas:

"Bautizamos en el nombre de Jesús, nos dicen Jesús solos y nos llaman anticristos".

El hombre se fue y me quedé bastante preocupado. Parado en la puerta de mi negocio, miré al cielo y le dije al Señor: "Señor, no es la iglesia católica, tampoco es la pentecostal unida; ahora no sé qué hacer, ya que no conozco ninguna otra", le pedí que me guiara y que cuidara de mí, porque no quería ser engañado de nuevo.

Esa misma semana llamé a mi hermano en Miami; mi esposa y yo cuando hablábamos con él, lo hacíamos usando una extensión del teléfono para así poder hablar y escuchar los dos al mismo tiempo. También mi esposa seguía escuchando la emisora cristiana que acabamos de encontrar, la cual estaba sintonizada en nuestro radio en ese momento. Me encontraba en la sala de la casa y ella en la alcoba usando la extensión del teléfono y a la misma vez podía escuchar también la radio, esta vez estaba hablando un pastor de la ciudad de Medellín.

Al comunicarme con Martín, le expliqué lo que estaba pasando y me dijo que buscara una iglesia donde me impartieran el evangelio completo y empezó a explicarme lo concerniente a la trinidad de Dios. Lo asombroso es que en ese mismo instante hubo lo que se puede llamar una conexión sobrenatural entre mi hermano que hablaba por teléfono desde Miami y el pastor que hablaba por la radio en Medellín; todo lo que mi hermano decía, era inmediatamente repetido por el pastor de Medellín a través de la radio.

Mi esposa exclamó:

¡Es increíble, la voz de este pastor en el radio es el eco de la voz de tu hermano Martín en Miami! En un arrebato espiritual dije: ¡Esto es revelación de Dios!

Después fue que entendimos que no se trataba de una revelación, sino de una dirección de Dios y estábamos bien seguros de que era Dios mismo quien nos estaba dirigiendo hacia aquel lugar. Anotamos la dirección de la iglesia a la que este pastor nos estaba invitando y llegamos al lugar. Era un viernes santo y aunque no conocíamos a nadie nos buscamos un lugar y nos sentamos con muy buenas expectativas, cuando empezó la alabanza estuve llorando mucho y le decía a mi esposa:

"¿Si yo no estoy triste porque estoy llorando?"

El tiempo de la alabanza pasó, fue un tiempo maravilloso y después entendí que llorar sin un motivo aparente es una de las reacciones más preciosas que uno puede manifestar cuando el Espíritu Santo ministra la vida de una persona.

Cuando terminó la alabanza llegó el tiempo de la predicación, allí se encontraba el pastor Basilio Patiño haciendo una campaña evangelística de tres días en aquel lugar, el pastor Patiño había sido invitado por causa de la semana santa. El pastor Patiño es un tremendo hombre de Dios que sacudió mi mente y corazón con la poderosa palabra de Dios. Al finalizar la predicación el pastor Patiño hizo un llamado para aquellas personas que quisieran recibir al Señor Jesucristo en su corazón y aunque habíamos hecho esto en nuestra casa con mi hermano Martin unos meses atrás, mi esposa y yo sentimos que debíamos salir los dos con nuestros tres hijos hasta el altar y hacer una confesión pública de que Jesucristo era nuestro Señor, y allí recibimos de nuevo al Señor Jesús y también lo hicimos el sábado y el domingo, los tres días de campaña; y no era que no habíamos entendido lo que estábamos haciendo, era más bien que nosotros le estábamos mandando un mensaje bien claro a Dios, en el cual estábamos dejándole saber que estábamos en serio con él en este asunto de entregarle nuestras vidas, así que lo hicimos varias veces para que no le quedara ninguna duda al respecto.

Esta iglesia o congregación resultó ser el Centro de Fe y Esperanza, la cual sería nuestra casa por ocho años.

Desde este momento no volví a congregarme en la Pentecostal unida, pero unos días después el pastor de esta iglesia me preguntó por qué no había vuelto, le expliqué todas mis valiosas razones, pero él seguía sin entender. Me pidió permiso para hacerme una visita en mi casa y para demostrarme que yo estaba equivocado; lo cual se hizo. Teniendo en cuenta que yo era un bebé espiritualmente hablando y sin ninguna experiencia en cuanto asuntos bíblicos; yo sería prácticamente pan comido para él.

Durante la reunión que duró dos horas, el Señor se manifestó de una manera impresionante, pues a todos los argumentos que el pastor esgrimía, inmediatamente yo era guiado a versículos y textos en la Biblia que yo no conocía, pero que estaban allí y que obviamente contradecían lo que él decía.

Era tremendamente asombroso porque que yo le hablaba con toda autoridad y con mucho denuedo; hasta me atrevía a decirle con un dedo puesto en un texto bíblico: "Sí, usted dice eso, pero lo que dice acá significa una cosa muy distinta a lo que usted está diciendo". Y le explicaba el texto como si yo fuera un erudito en la palabra de Dios.

El asunto era que yo sin saber cómo, le podía dar la explicación exacta del verso en cuestión. Después de las dos horas, el pastor se despidió y yo seguí congregándome en el Centro de Fe y esperanza, que finalmente fue el lugar a donde el Señor nos guio, nos restauró y nos dio el crecimiento.

EL CAMBIO NO SE HIZO ESPERAR

Los cambios en mi vida no se hicieron esperar, especialmente en lo que tenía que ver con mi vocabulario, que era muy soez. Yo tenía una adicción a los "chistes verdes" que era terrible. Yo era muy mal hablado y con mucha facilidad sobrepasaba lo vulgar, siempre buscaba la oportunidad para estar en medio de situaciones que me permitieran contar "chistes verdes". Recuerdo que me quedaba hasta altas horas de la noche contando chistes y siendo el "payaso" de la fiesta.

Gracias doy a Dios por Jesucristo, como dice el apóstol Pablo, ya que lo primero que hizo Dios fue hacerme libre precisamente de la maledicencia, aunque yo mismo no me di cuenta del cambio que se estaba operando en mí hasta el lunes siguiente.

Este lunes siguiente después de mi visita al Centro de Fe y Esperanza, noté que tres "amigos míos", los cuales eran camioneros, habían llegado a la tienda de mi suegro. Ellos visitaban este lugar con mucha frecuencia. Para este tiempo yo estaba viviendo en el tercer piso del edificio, habíamos instalado una casa prefabricada en el tercer piso, que era la terraza del edificio y mi suegro tenía su tienda en el primer piso; así que muy animado bajé para reunirme con mis amigos camioneros, con "pinocho", con "Vapor" y "Oquendo". Me gustaba escuchar y participar en las conversaciones y en las aventuras del camino de estos tres camioneros. Sus historias y aventuras no eran aptas para menores de edad, las cuales estaban acompañadas de chistes verdes y vulgaridades de alto calibre.

Cundo me senté con ellos, lo primero que experimenté fue una gran incomodidad. No me sentía nada bien entre ellos. Era como si ya no encajara, mis oídos rechinaban al escuchar lo que decían, me parecían muy vulgares, soeces y mal hablados. Así que no aguanté allí más de cinco minutos y me regresé a mi casa y le dije a mi esposa:

"¡Qué gente tan vulgar! ¡Tan soez! ¡Tan mal hablada!".

Ella me respondió muy enérgicamente: "Ay mijito, si usted era peor que ellos".

Justo ahí entendí que algo estaba pasando en mi interior.

Dios continúo su obra de limpieza y de transformación en mi vida, quitó comportamientos y aberraciones que me tuvieron esclavo por años y como resultado de esta preciosa obra, empecé a ser mejor esposo, mejor padre, mejor hombre, mejor persona.

No hay mejor forma de entender estos cambios que se experimentan cuando entramos en contacto con el poder de Dios, que como lo explica y lo da a entender la misma palabra de Dios y lo podemos ver en la 1ª carta a los Corintios RVR1960, en el capítulo 6 y los versículos 9 al 11; y en donde dice así: *"¿No sabéis que los injustos no heredarán el reino de Dios? No erréis; ni los fornicarios, ni los idólatras, ni los adúlteros, ni los afeminados, ni los que se echan con varones, ni los ladrones, ni los avaros, ni los borrachos, ni los maldicientes, ni los estafadores, heredarán el reino de Dios. y esto erais algunos; mas ya habéis sido lavados, ya habéis sido santificados, ya habéis sido justificados en el nombre del Señor Jesús, y por el Espíritu de nuestro Dios".*

Una vez más queda demostrado que Dios nuestro Padre (El poder Creador), a través de la obra redentora de su Hijo Jesucristo (El poder Redentor) en la cruz del calvario, más el poder del Espíritu Santo (El poder Santificador), es lo único que puede cambiar y transformar el corazón del hombre. Dicho de otra manera, puedo decir que:

El Padre Crea.

El Hijo Redime.

El Espíritu Santo Santifica.

LA BENDICIÓN DEL PERDÓN

Una mañana en la que me encontraba orando; el Señor, que lo sabe todo y quiere lo mejor para sus hijos, me dijo: "Necesitas perdonar a tu papá".

Esta amorosa sugerencia dio vueltas en mi cabeza y me dije a mí mismo: "¿Qué sentido tiene esto? Si mi viejo llevaba como veinte años de fallecido. ¡No lo entiendo!"

En ese momento me llegó el recuerdo de mi infancia y pude ser consciente de todas las carencias que tenía, especialmente del gran vacío de padre que había en mi corazón, lo cual había generado en mí una imagen dañada y distorsionada de lo que es un padre. Además de esto, también me hice consciente del enojo, el juicio y la condenación que guardé dentro de mi corazón en contra de mi padre, especialmente el día en el que le encontré muerto y le reclamé por haberse ido justo cuando más yo le necesitaba.

Y le contesté a mi Señor: "Señor, está bien, estoy dispuesto a declarar perdón sobre mi papá, pero con una condición". Y en aquel momento "se la puse bien difícil al Señor" y le puse una condición que la imagen distorsionada que yo tenía de padre me decía que Dios jamás podría cumplir. Así que le puse esta condición: "Que seas tú el que llenes el vacío de padre que hay en mi corazón y que a partir de hoy tú me recibas como tu hijo y seas mi Padre".

Como dije antes, pensé que se la estaba poniendo bien difícil al Señor, pero no me di cuenta de que, con esta condición, yo estaba tocando las fibras más sensibles del corazón del Padre, del corazón de Dios, ya que nuestro Dios es un Padre por excelencia. Este es un asunto que tiene que ver con paternidad; con la paternidad que Dios quiere ejercer sobre cada uno de nosotros, este es el anhelo del corazón del Padre.

Y allí me di cuenta de que para mí era muy fácil y sencillo expresar palabras que pudieran reconocer a Dios como mi Dios, como mi salvador, como mi redentor, como el Dios creador, pero la imagen distorsionada de padre que yo tenía, no me permitía verlo como mi Padre. Entonces entendí que todo este asunto de perdonar a mi papá tenía como objetivo no solamente el perdón que yo diera a mi progenitor, sino la revelación del Padre que Dios quería traer a mi corazón y así llenar todos mis vacíos y carencias.

Lo maravilloso es que en el momento en el que empecé a perdonar a mi papá por todas las carencias que tuve con él, por no haberme cargado, por no haberme besado, por no haberme abrazado, por no haberme dicho que me amaba, por no haberme dicho que yo era importante para él, especialmente a perdonarle por haberse muerto en el momento en el que yo más lo necesitaba. En un instante después de perdonarlo y de exonerarle de toda culpabilidad la atmosfera de aquella habitación cambió, y tuve una hermosa visión; en la cual vi como a unos cincuenta metros de distancia a un personaje vestido de blanco, su rostro era resplandeciente, estaba allí de pie, con los brazos abiertos y con una invitación de ir hacia él.

En esta la visión también se hallaba un niño, supe que era yo, estaba vestido de blanco y me encontraba en el extremo opuesto de donde se encontraba el Señor; cuando vi al Señor con los brazos abiertos, corrí a su encuentro y faltándome como dos metros para llegar a él, me lancé a sus brazos y me abracé a su cuello y ambos nos fundimos en un enorme y liberador abrazo. Allí en sus brazos lloré como nunca antes lo había hecho y por primera vez experimenté lo que es el abrazo de un padre, el abrazo del Padre.

Mi corazón fue lleno y rebozaba del amor de Dios, el vacío y la soledad se fueron y a partir de ese preciso momento la imagen distorsionada de padre que yo tenía se esfumó; empecé a experimentar el ejercicio de la paternidad de Dios sobre mí, este nuevo Padre me hizo sentir realmente como su hijo y me permitió verle y aceptarle como mi verdadero Padre y en verdad es un Padre maravilloso y como ningún otro.

Hoy puedo decir que Dios es mi papá precioso, mi papito lindo, su gracia, su favor, su misericordia, su amor y su aceptación, se han derramado sobre mí, con abundancia de todo bien, ¡definitivamente no hay otro Padre como él!

Indudablemente Dios mi Padre quería enseñarme la lección más preciosa que ser humano alguno pueda aprender en esta existencia, y es a cerca de nuestra verdadera identidad; aprendí que nuestra verdadera identidad se encuentra solo en Dios.

Mi verdadera identidad es que Dios es mi Padre y que yo soy su hijo, esta es una verdad que no puede ser negociable.

Yo no sé amigo lector cuáles son las circunstancias en las que usted ha vivido, ni tampoco conozco como usted fue engendrado, ni como creció en medio de la familia donde Dios le puso, para que se desarrollara e hiciera parte de ella.

Quizás usted también en este mismo momento de su vida tenga una imagen distorsionada de padre; pero mi consejo es que perdone a su padre, o a su madre por lo que ellos le hicieron o no le dieron.

Debe tener en cuenta que generalmente el abusador fue abusado y el que no tuvo para dar, fue porque tampoco le dieron.

A veces juzgamos a nuestros padres terrenales por lo que ellos nos hicieron, o por la cantidad de carencias y de necesidades que tuvimos y que ellos no pudieron llenar en nosotros. Lo que estoy queriendo decir es que debemos pedirle a Dios la fortaleza necesaria para poder perdonar y así poder ser libres del enojo, del resentimiento, de la amargura, del dolor y de todos esos sentimientos negativos que se guardan en el corazón y que, si no tratamos con ellos, terminarán por frustrar y anular nuestras vidas. Todo esto obviamente nos llevará a vivir vidas miserables y vacías.

Es duro lo que le voy a decir, pero si no perdona a su padre, tampoco Dios podrá ser su Padre. Primero porque si no perdona y se empecina en no perdonar, esa actitud negativa le privará de la dicha de ser perdonado por Dios. Dios es claro cuando dice que, si no perdonamos a los hombres sus ofensas, tampoco él nos perdonará a nosotros nuestras ofensas. (Mateo 6:15 RVR1960)

Y segundo porque será imposible para alguien que tenga una mala imagen o una imagen distorsionada y borrosa de lo que es un padre, que pueda abrirse a una genuina y verdadera relación con Dios y menos poder verle como un verdadero Padre.

Usted y yo ahora tenemos la oportunidad que nuestros padres no tuvieron. Muy seguramente ellos no nos dieron lo que no tenían para dar; terminaron por duplicar en nosotros lo que hicieron con ellos. En otras palabras, podemos dejar de verlos como verdugos y empezar a verlos como víctimas, porque ellos también fueron maltratados, abusados, rechazados y sabe Dios cuántas cosas más tuvieron que vivir y sufrir por no haber tenido una relación con Dios como la podemos tener nosotros ahora, no supieron hacer el bien que querían hacer y terminaron actuando mal.

Muchos de ellos hoy en día querrían regresar en el tiempo para poder rehacer y corregir todo lo malo que hicieron y así no causar todo el mal que causaron.

Yo también tuve la oportunidad de ser como mi padre, pero tomé la decisión de ser diferente y marcar una diferencia con mi esposa e hijos. Esa misma decisión está a su alcance hoy; bien puede decidir ser igual o ser diferente, al final todo será marcado por una sola decisión que se pueda tomar en la vida, pero tenga en cuenta que seremos directamente responsables por las buenas o malas decisiones que tomemos en ella.

Decida pues perdonar, decida vivir y ser diferente, decida vivir los años que tiene por delante, de manera que al llegar al final de ellos pueda tener satisfacción y pueda con gratitud a Dios, agradecer por la oportunidad que le dio de ser y de vivir diferente. Esta es la alternativa: llegar a un final lleno de dolor y de remordimientos que lo único que hará es envenenar su alma, o vivir una vida plena que, con base en el perdón, le ofrece la paz y la tranquilidad de una mente sana y de una conciencia renovada.

Romanos 5:5 RVR1960, dice algo tan tremendo que nos deja sin argumentos y sin piso delante de Dios, en cuanto a la posibilidad y la decisión de dar amor.

"Y la esperanza no avergüenza; porque el amor de Dios ha sido derramado en nuestros corazones por el Espíritu Santo que nos fue dado".

Claramente vemos que, si el amor de Dios ya ha sido derramado en nuestros corazones, este amor es el que nos capacita plenamente para amar. Debemos pues dejar que el amor de Dios que se encuentra en nuestros corazones fluya desde nuestro corazón hacia nuestros padres, con este amor podemos darles a ellos el perdón, el amor y la aceptación que ellos no nos dieron, pero que ellos tampoco recibieron y que tanto necesitan.

Rompamos pues la cadena del desamor. Usted podrá preguntarme y, ¿cuál es la cadena del desamor? Ésta es, aquí esta: Tatarabuelos, bisabuelos, abuelos, padres y generaciones pasadas que no fueron amados, que no fueron aceptados, que no fueron valorados y que por consiguiente fueron abusados y maltratados física, verbal, sexual y emocionalmente, que llenos de toda esta basura la transmitieron a sus hijos, y sus hijos a sus hijos, hasta llegar a nosotros formando esta detestable cadena del desamor.

Pero que nosotros ahora llenos del amor de Dios, de su perdón y de su aceptación; con un amor que fluye desde el corazón de nuestro Padre celestial hacia nuestro corazón; desde nuestro corazón hacia nuestra esposa, hijos y padres. Entonces podemos empezar a tejer la cadena del amor. Una hermosa cadena en la que podemos incluir a todas las generaciones venideras y que construirá mejores relaciones, mejores padres, mejores madres, mejores hijos, mejores familias que terminarán formando una mejor sociedad.

Muchos de nosotros pensamos que ser padres es algo simple y sencillo y creemos que tener una nevera llena de alimentos o pagar una renta y suplir las necesidades de vestido y calzado, son suficientes para que califiquemos como padres excelentes; realmente cuando hacemos estas cosas que son necesarias y que no debemos de dejar de hacerlas, solamente hemos cumplido con nuestra responsabilidad de cubrir las necesidades físicas y esto nos puede hacer muy buenos proveedores; ¿pero qué de las necesidades emocionales, sentimentales y espirituales? Porque éstas también son necesidades que tanto nuestras esposas como nuestros hijos necesitan que se les cubra y se les provea; es allí donde debe estar la presencia de un padre, de un verdadero padre.

Los esposos nos quejamos de "hacerlo todo" y de "darlo todo" y después nos molestamos porque vemos a nuestras esposas insatisfechas y frustradas. Hasta el punto de que, si nos apareciéramos con un carro nuevo para ella, sería capaz de decirnos:

¿Y con eso esperas comprarme?

Y es entonces cuando decimos frases como éstas: "La verdad es, que no es fácil entender a las mujeres". Si les damos todo lo que necesitan, les pagamos la renta, el carro, el seguro, el agua, la luz y el teléfono, además la refrigeradora está llena de comida y en sus clósets ya no cabe más ropa ni más zapatos. ¿Qué más quieren? ¡Lo tienen todo! No les hace falta nada. ¿Qué más quieren?

La verdad es que, si esto es lo que hacemos, todavía no estamos haciendo nada extraordinario, pues si estuviéramos solteros de igual manera tendríamos que pagar por todas estas cosas. Cuando proveemos, sólo hemos hecho lo que se puede llamar "mantenimiento de la relación".

Estoy seguro de que nuestras esposas muy seguramente responderían a nuestras quejas, de la siguiente manera: Tú eres muy especial y te agradezco porque me das todas estas cosas, y todas ellas son necesarias; pero como tú esposa requiero y necesito de mucho más que esto:

"Te quiero a ti,
Quiero tu corazón,
Quiero tus ojos,
Quiero tus oídos,
Quiero tu tiempo,
Quiero tu atención,
Quiero tus caricias,
Quiero que me cuides y me protejas,
Quiero tu ternura,
Quiero que me tengas paciencia,
Quiero que me entiendas,
Quiero que me trates bien,
Quiero tu amor incondicional,

Quiero tu aceptación,

Quiero tu respeto,

Quiero que vuelvas a ser el hombre que una vez me cautivó y me enamoró.

Quiero que vuelvas a hacer las cosas con las cuales una vez me conquistaste.

Quiero que me consientas,

Quiero me aceptes como yo soy, y sin querer cambiarme.

Quiero ver al líder que un día me mostraste y que sé que está en ti.

Y seguiría agregando: además quiero ver al hombre que al inicio de nuestra relación:

Era atento,

Era amable,

Era caballeroso,

Era servicial,

Era tierno,

Era dulce,

Era amoroso,

Era detallista,

Me daba buen trato,

Me respetaba,

Me valoraba,

Me escuchaba embelesado,

Me daba regalos,

Me hacía invitaciones a cenar,

Me llevaba flores y chocolates,

Me escribía poemas y frases lindas,

Me decía palabras de aprobación,

Yo era lo más importante para él,

Disfrutaba de mi cercanía,

Buscaba cualquier motivo para llamarme o para visitarme,

Tenía un "te amo" a flor de labios

Hablaba más de mí que de él mismo,

Estaba cautivado por mi belleza, por mis ojos, por mis piernas. Por mis...

Jugaba con mi cabello,
Estaba enamorado,
Soñaba con pasar el resto de su vida conmigo,
Estaba interesado en mí,
Buscaba siempre mi bienestar,
Y yo era para él el centro de su universo".

Como pueden ver, ser padre no es tan fácil, se requiere de un cuidado de diario, de un esfuerzo de diario, de una entrega diaria, de un amor de todos los días. Por eso la relación de pareja hay que cuidarla todo el tiempo, hay que darlo todo, hay que entregarlo todo para poder tener una relación sólida, sana fructífera y segura.

Suplir pues, todas las necesidades físicas y las del corazón, es la labor y la responsabilidad de un verdadero padre, no de alguien que sólo sea un buen proveedor.

Además, un padre es quien afirma y da el valor, el amor y la aceptación a su esposa y a sus hijos. Bien se ha dicho que los hijos aprenden las enseñanzas de la madre, pero seguirán el ejemplo del padre.

MATRIMONIO COMO DEBE SER

El tiempo fue pasando como algo que no puede ser parado y llegaron pensamientos que me hacían meditar mucho acerca de la forma en la cual mi esposa y yo contrajimos matrimonio, ¿recuerda el matrimonio por poder? Empecé entonces a tener grandes dudas sobre el tal matrimonio por poder, su legalidad y legitimidad ante los ojos de Dios. Hablé con mi esposa al respecto y consideramos la posibilidad de hacer una renovación de votos. Mientras pensábamos en esto, los días pasaron y como siempre sucede con las cosas importantes, que por importantes que sean se les va dando larga y aunque no sea la intención olvidarlas, sí se les van dejando para después.

Una tarde, mi hija Carolina que tenía por ese entonces como tres años, estaba durmiendo en un rinconcito de la relojería; al despertarse, todavía con los ojitos entreabiertos, me dijo:

"Papi, yo quiero que usted y mi mamá se casen".

Le contesté:

"Mija, su mamá y yo estamos casados".

Ella me replicó con la autoridad que sólo Dios puede dar:

"Es que yo quiero que ustedes se casen otra vez".

La manera tan enérgica con la que lo dijo, además de ser algo tan poco usual en una niña de tan corta edad, nos hizo entender que Dios estaba hablando a través de ella; así decidimos mi esposa y yo acelerar el proceso.

Unos días después hablamos con uno de los pastores de la iglesia y le dejamos saber sobre nuestro deseo de renovar los votos matrimoniales.

Nos preguntó el porqué de este deseo y le contamos cómo se había realizado nuestra boda; una vez nos escuchó cuidadosamente, nos dijo:

"¡No mis hermanos, es que ustedes no están casados!" Y nos explicó que este tipo de matrimonio no es como Dios lo ha estipulado, y aunque la iglesia católica y el estado han hecho un acuerdo para darle legitimidad; bíblicamente está fuera de todo orden.

Para mi esposa y para mí fue muy tremendo darnos cuenta que vivimos en fornicación por varios años y sin quererlo, vivimos en fornicación aun cuando las autoridades civiles y eclesiásticas de mi país se unieron para dar el permiso de hacerlo; fornicación es fornicación si vives con tu pareja sin casarte con ella, no importa si son el mismo Papa o el presidente de un país los que te dicen que no hay problema en hacerlo y te den su bendición, ya que el matrimonio por poder no es bíblico, ofende a Dios, va en contra de la moral, y de los principios que gobiernan el matrimonio y de la vida en pareja.

Además, entendimos que no existe tal cosa como "La renovación de votos" porque el pacto matrimonial y los votos que le acompañan no se vencen ni caducan; y uno renueva lo que se ha vencido, entonces ¿cómo renovar lo que no se ha vencido?

Renovamos una licencia de conducir, un contrato, un pasaporte etc. Creo que en vez de una renovación de votos deberíamos hacer una ratificación del pacto, ya que, de acuerdo con el diccionario de la real academia de la lengua, ratificar es confirmar y aprobar actos, palabras o escritos dándolos por valederos y ciertos. Al ratificar el pacto estaríamos diciendo: *"Una vez te tomé por mi esposa (o) y hoy confirmo mi deseo de seguir unido a ti y te digo que no voy a dejarte. Una vez te dije que te amaba y hoy te doy la seguridad de mi amor, mi deseo sigue siendo permanecer a tu lado hasta que la muerte nos separe".*

LA BODA

Pasaron unos pocos meses y mi esposa y yo asistimos a un retiro de parejas, pensamos que esta era una excelente oportunidad para celebrar la ceremonia matrimonial, así que allí en un hotel campestre, lejos del ruido y de los afanes de la ciudad tuvimos nuestra boda.

Fue algo muy lindo, ya que contamos con todas las parejas asistentes al evento, quienes fueron a la vez nuestros invitados y nuestros tres hijos hicieron las veces de pajecitos de boda e invitados especiales. Como dato curioso quiero destacar que mi esposa y yo habíamos acordado tener una boda sencilla, pero fui totalmente sorprendido.

Supuestamente ella llevaría un vestido normal de color beige, pero cuando la novia entró estaba bellísima y vestía un traje de novia blanco que me dejó completamente boquiabierto; se trataba de una sorpresa y entonces empecé a comprender por qué una hora antes, algunos esposos de los que asistieron al evento me insistían para que yo me cambiara de ropa y me dieron un traje mucho más elegante y apropiado para recibir a una novia tan exquisitamente vestida.

Ellos habían llegado a mi cuarto con un traje muy elegante, con corbata y zapatos, prácticamente fui asaltado por ellos y en menos de lo que canta un gallo me habían puesto aquel traje; por mi parte me veía muy bien, pero pensaba que no era apropiado que yo luciera tan elegante, mientras que mi esposa vistiera un vestido regular.

Lo que yo ignoraba es que al mismo tiempo ella estaba siendo asaltada por otro grupo de esposas, quienes le llevaron aquel traje de novia con zapatos y adornos correspondientes, hasta la maquillaron y se tomaron el tiempo para que ella luciera espectacularmente hermosa. Aquel día fue hermoso, digno de ser recordado siempre y fue el día que realmente me sentí casado y con la bendición de Dios. Fue muy satisfactorio haber hecho lo correcto y haber entrado en el orden estipulado por Él.

NUESTRA ECONOMÍA MEJORA

El tiempo siguió su curso, mudé la relojería para el centro comercial Monterey. Este fue construido con dineros de Pablo Es-
cobar en la época en que se imponía el cartel de las drogas en
Medellín. Este centro comercial fue la gran sensación en la ciudad
y su inauguración fue por todo lo alto. Posteriormente durante la
guerra que se desató entre los señores de la droga, Monterey fue
blanco de ataques y amenazas de carros bomba, así que el centro
comercial se fue a pique y los negocios casi en su totalidad cerra-
ron, luego sería conocido como el de más mala reputación en la
ciudad. Finalmente, Monterey se convertiría en un desolado lugar
con escasos negocios abiertos al público.

Todo el que me conocía y que se dio cuenta que mi nuevo
domicilio comercial sería dicho centro comercial, me advirtió y
me aconsejó que no lo hiciera porque allí sería mi ruina económica; me decían que era un "cementerio de negocios" pero contrario a todos estos pronósticos, fue el lugar donde conocimos al
Dios de la provisión sobrenatural; Dios nos bendijo de una manera tan impresionante, que mientras otros negocios abrían para
luego cerrar tres o cuatro meses después, nosotros permanecía-
mos.

SIRVIENDO AL SEÑOR

En Monterey estuvimos por espacio de seis o siete años, durante los cuales también servimos al Señor en el Centro de Fe y Esperanza. Para esta época nuestros hijos Andrés, Lina María y Carolina, crecían en un ambiente donde el amor de Dios, su palabra, su presencia y la llenura del Espíritu Santo, les fueron formando y edificando con valores que hasta el día de hoy son fundamentales y perduran. Por este tiempo mi esposa y yo éramos líderes de un grupo de oración que se hacía en la casa de Bernardo y Leticia Prieto, unos amigos muy queridos y una familia muy especial.

Quiero aclarar que algunas veces cuando yo daba mi testimonio acerca del paro cardíaco que había sufrido tiempo atrás, era costumbre de algunas personas argumentar que lo que me había sucedido no había sido un paro cardíaco, sino un desdoblamiento o una salida astral, creencias de la metafísica y la nueva era.

Aquel día mientras se estaba desarrollando aquel grupo de oración y como para tirar toda duda por el suelo al respecto del paro cardíaco, sucedió algo impresionante. Un evangelista venezolano, quien estaba en una campaña evangelística en Medellín nos visitó en el grupo de oración. Cabe anotar que nadie le conocía y él tampoco a nosotros, pero había sido invitado por uno de los que asistía regularmente a este grupo. A punto de terminar, el evangelista entró y se sentó. Una vez hubo terminado la reunión y luego de que lo presentaran, me pidió permiso para orar por una señora quien tenía un problema del estómago y luego empezó a orar por algunos de los que estábamos allí. Lo más increíble es que cuando puso sus manos sobre mí, el Señor empezó a hablarme a través de él y dijo: "Hijo mío, me eres muy amado y de gran estima, y grandes cosas tengo para ti y te usaré grandemente"; luego dijo algo que hizo que todos los pelitos de mi cuerpo se erizaran: "porque estuviste muerto y yo te levanté de la tumba y te di vida nueva, verás muertos levantarse de sus tumbas".

El asombro era total y aunque me quedé sin palabras, las lágrimas cubrían todo mi rostro y un gran sentimiento de gratitud invadió todo mi ser.

La vida que ahora tengo hace parte de una nueva oportunidad que Dios me ha dado. Esto es lo que llamo "el regalo de vivir", pero para qué quiero la vida, sino para vivirla para Él.

Así que ahora se la he devuelto en un sacrificio vivo y ya no me pertenece más; mi consigna es vivir para Dios y lo haré hasta el último aliento de vida que me quede, le he pedido a Dios que si por algo deseo ser conocido alguna vez, que sea conocido por lo mismo que fue conocido el patriarca Enoc, que se me conozca como alguien que caminó con Dios.

QUERIENDO TIRAR LA TOALLA

Cuando nos congregamos en una iglesia llevamos bien adentro de nosotros la idea de haber llegado a un cielo pequeño formado por gente ultra espiritual y perfecta; se nos olvida que la iglesia está conformada por hombres y mujeres que al fin y al cabo son sólo eso, hombres y mujeres. Son sólo seres humanos, tan llenos de necesidades, con tantas flaquezas y con tantas debilidades como nosotros mismos.

Cada persona que entrega su vida y corazón al Señor Jesucristo se encuentra en un proceso de transformación, de cambio y de renovación que terminará por producir una hermosa metamorfosis que, sin lugar a dudas, se efectuará por la activación de la palabra de Dios y del poder del Espíritu Santo que opera en cada uno de nosotros para hacernos mejores seres humanos; y mientras este proceso sigue su curso normal, nos damos cuenta de que la perfección está bien distante de muchos de nosotros. Relacionarnos con la gente es algo que a primera vista parece ser algo muy fácil y sencillo, pero que en la práctica es bastante complejo. Si añadimos a esto la cultura, tradiciones, costumbres, y las diferentes circunstancias y situaciones que se pueden llegar a vivir en un momento determinado de nuestras vidas, pues da como suma un cúmulo de cosas que te controlarán y pondrán presión en tu caminar haciéndolo un poco más difícil. Es aquí donde empiezas a ver como se te van adhiriendo compañeros indeseables en tu caminar diario, tales como el enojo, la incertidumbre, la decepción, la frustración y el desánimo, que poco a poco y muy sutilmente van empujándonos hasta dejarnos inmóviles y a un lado del camino; y como yo no soy la excepción, por un momento consideré la posibilidad de tirar la toalla.

Pensando en esto fui a visitar a un pastor para hacerle entrega de un reloj que le había reparado y que hacía bastante tiempo estaba en mi poder y dado que no vivía en la ciudad, no había tenido la oportunidad de entregárselo.

Cuando llegué al lugar donde se encontraba dicho pastor cuyo nombre es Oscar Marín, noté que él estaba en uno de los cuartos de la casa orando con un grupo de personas; mi esposa y yo nos quedamos en la sala esperando a que terminaran y estando allí sentados, una hermana me vio desde aquel cuarto donde estaban orando y me hizo señas con la mano para que fuera donde ella se encontraba; pensé dentro de mí que tal vez me llamaba para que yo también orara y me dije internamente que esa no era una buena idea ya que no estaba pasando por mi mejor momento, y lo último que quería hacer era orar y menos por otros; pues cuando andamos decepcionados, frustrados y con desanimo ese es el resultado.

Me acerqué con mi esposa para saber de qué se trataba y esta mujer sin haberme visto antes y sin conocerme, me miró fijamente a los ojos y me dijo: "Hay una palabra de Dios para ti". Me puse muy nervioso, pero atento a la palabra que Dios tenía para mí en ese momento en el que me encontraba, ya que realmente necesitaba que algo sucediera y que me sacara de aquel estado de ánimo en el que sentía que me estaba hundiendo.

El Señor te dice, dijo ella: "Me eres muy amado y conozco tu corazón y sé que estas a punto de tirar la toalla, pero hoy te doy mi palabra rema (ungida y con revelación) y cuando estés en tu cuarto, cierra la puerta y repite tres veces y en voz alta: En el Nombre de Jesús no me rindo, en el Nombre de Jesús no me rindo, en el Nombre de Jesús no me rindo".

Cuando la hermana terminó de orar, me quedé como esperando algo más grande y poderoso, ya que esta palabra me parecía muy sencilla y a mi parecer un poco absurda.

Al llegar a mi casa fui a mi cuarto y cerrada la puerta empecé a orar; le manifesté al Señor que en obediencia iba hacer lo que me había mandado a hacer y pensaba dentro de mí que, si no funcionaba, pues tampoco tenía nada que perder.

Cuando empecé a decir en el Nombre de Jesús no me rindo, en el Nombre de Jesús no me rindo, en el Nombre de Jesús no me rindo, sentí como si algo que estaba sobre mis hombros se caía y se alejaba, era un gran peso que me presionaba y que poco a poco me estaba quitando las ganas de vivir. Desde aquel momento fui libre de esa gran opresión y experimenté una fuerte inyección de vida en todo mi ser.

Mientras oraba el Señor me dirigió a abrir la Biblia, y la abrí justo en el evangelio de san Juan 15:1-9 RVR1960 y leí esta palabra: *"Yo soy la vid verdadera, y mi Padre es el labrador. ² todo pámpano que en mí no lleva fruto, lo quitará; y todo aquel que lleva fruto, lo limpiará, para que lleve más fruto. ³ ya vosotros estáis limpios por la palabra que os he hablado. ⁴ **permaneced** en mí, y yo en vosotros. Como el pámpano no puede llevar fruto por sí mismo, si no **permanece** en la vid, así tampoco vosotros, si no **permanecéis** en mí. ⁵ yo soy la vid, vosotros los pámpanos; el que **permanece** en mí, y yo en él, éste lleva mucho fruto; porque separados de mí nada podéis hacer. ⁶ el que en mí no **permanece**, será echado fuera como pámpano, y se secará; y los recogen, y los echan en el fuego, y arden. ⁷ si **permanecéis** en mí, y mis palabras **permanecen** en vosotros, pedid todo lo que queréis, y os será hecho. ⁸ en esto es glorificado mi Padre, en que llevéis mucho fruto, y seáis así mis discípulos. ⁹ como el Padre me ha amado, así también yo os he amado; **permaneced** en mi amor".*

El Señor por medio del apóstol Juan, me estaba dando una de las llaves más preciosas para vivir la vida cristiana y tenía que ver con la palabra PERMANECER.

El Señor empezó a hablar a mi corazón y a decirme: "Rodrigo, No es porque asistas a una congregación, ni siquiera porque tienes una Biblia y la lees, no es porque ayunes, no es porque ores o hagas grandes esfuerzos, tampoco es porque alces las manos y alabes o des grandes ofrendas y diezmos o aún sirvas dentro de una iglesia".

Le pregunte:

Señor, ¿entonces por qué es?

Me contestó:

"Es porque PERMANECES en mí"; y agregó:

"El permanecer en mí es lo que cambia las cosas, el permanecer en mí es lo que te hace ver todo de una manera diferente, es lo que hace que puedas ver las cosas y las puedas entender como yo las veo y las entiendo. el permanecer en mí te llevará a una vida de oración, te dirá cuándo orar y por qué o para qué y por quién, el permanecer en mí te guiará en la lectura y estudio de la Biblia, te dará revelación y entendimiento de ella, además te convertirá en un adorador y un cantor para mí, te hará sentir la necesidad de pertenecer a una iglesia y de congregarte, el permanecer en mí te mostrará la importancia del ayuno, te dirá cuál es su propósito, cuándo y qué duración tendrá.

El permanecer en mí hará de ti un dador alegre y un soporte económico para mi Reino, haciendo de ti un hombre que ofrenda y diezma con gusto y amor; más importante aún, te dará crecimiento, madurez, y hará que lleves fruto abundante en una vida de servicio a otros, además hará que sirvas con amor y entrega en mi Reino, pero ten en cuenta que separado de mí nada podrás hacer".

Siguió diciendo el Señor: "Eres como una manguera".

Le dije: Señor, ¿una manguera?

Él me respondió: "Sí, Rodrigo, si la manguera está conectada a la fuente del agua, entonces por ella podrá fluir agua; servirá para lavar, para regar o para llevar vida; pero si la manguera se desconecta de la fuente del agua, entonces la enrollan, la cuelgan y seguirá siendo una manguera sin uso ni propósito. Tú eres la manguera y yo soy la fuente".

A partir de este momento mi vida tomó un giro total y nunca más le abrí la puerta al desánimo, ni al desaliento; al contrario, servimos a Dios con fuerza y determinación, tanto mi esposa como yo estamos dispuesto a servir a Dios por el amor, la pasión y la gratitud que sentimos hacia Él, pues Él nos dio a su único Hijo y junto con él nos dio también todas las cosas.

Nuestras vidas cambiaron totalmente, nuestro matrimonio se fortaleció y los principios cristianos y familiares se hicieron más sólidos. Nunca más volvimos a ser los mismos; todavía las palabras de apóstol Pablo siguen sonando en nuestros oídos: "Gracias doy a Dios, por Jesucristo Señor nuestro".

EL REGALO DE CUMPLEAÑOS

Mi hermano Carlos contrajo matrimonio con Noelia, una preciosa mujer quien le dio a mi hermano dos hijos varones, Alejandro su primogénito y Héctor Fabio su hijo menor.

Cuando Alejandro cumplió sus dieciocho años, Mi hermano Carlos le dio de regalo una motocicleta nueva.

Por estos días mi hermana Margarita con su esposo Cornelius y sus hijos Angela y Carlos Alberto había viajado desde los Estados Unidos.

Para atender a los recién llegados se había organizado un paseo al río; en las horas de la tarde después de haber disfrutado en familia. Carlos Alberto mi sobrino se disponía para regresar al pueblo con mi otro sobrino Alejandro, ya que quería darse un paseo en moto. En el momento en que mi sobrino Carlos Alberto se montó en la moto, le dijo a Alejandro que lo esperara unos minutos más, ya que había olvidado algo; Carlos Alberto se bajó de la moto dejándole saber que no tomaría mucho tiempo. Alejandro al ver que Carlos Alberto no regresaba decidió irse sin él, y en su lugar subió en la moto a un amigo suyo y se fue dejando a mi sobrino Carlos Alberto atrás.

La carretera a Santuario es muy montañosa y está llena de curvas, en una de ellas Alejandro se encontró con un bus que estaba adelantando a un automóvil, y Alejandro impactó al bus de frente; en este lamentable accidente tanto Alejandro como su acompañante perdieron la vida.

Mi sobrino tenía como cinco causas por la cuales habría muerto, sus órganos más vitales habían sufrido daños irreparables; su cerebro, su hígado, su corazón y múltiples fracturas que terminaron por arrebatarle su vida a tan temprana edad, su amigo murió al impactar a mi sobrino con su propia cabeza.

Para mi hermano Carlos, su esposa Noelia y su hijo Héctor Favio fue como era de esperarse, una experiencia muy dolorosa y traumática, y aunque mi hermano nunca habló mucho sobre este asunto, sí sabemos que tanto para él como para su esposa y su hijo fue un acontecimiento muy triste y que marcó profundamente sus vidas. Por otro lado, dábamos gracias a Dios que Carlos Alberto finalmente no se había subido en la moto con Alejandro, pues habrían sido dos sobrinos los que habrían fallecido en aquel fatídico día.

Este era el año 1995, este año y los dos siguientes serían tres años que nos marcarían profundamente con tristeza, dolor y luto.

TÍO, HÁGAME PIANO

Mi hermana Amparo estaba viviendo en una lejana región del norte de Colombia, vivía en Apartadó en la zona bananera. Allí vivía junto con su esposo José, quien trabajaba como ingeniero agrónomo en Uniban, esta es una compañía que se ocupaba en la producción y exportación de banano. Amparo tenía dos hijos; su hija Diana y su hijo Juan Estaban. Por aquella época mi hermana quedó embarazada de nuevo, era un embarazo de gemelas; durante el parto que fue por cesárea, ocurrió algo terrible. Durante el procedimiento quirúrgico hubo un corte en el servicio de la electricidad, lo cual hizo que una de las niñas muriera, según el reporte de los médicos había muerto la más grande y saludable y le sobrevivió su hermanita la más pequeña a la que le pusieron por nombre Catalina.

Catalina era una niña tan pequeña que cabía en la palma de la mano, había nacido sin paladar y sin el peso requerido para sobrevivir, como si esto fuera poco, le diagnosticaron una rara enfermedad; su nombre era eritroblastopenia. Esta rara enfermedad en ese momento la sufrían cinco personas en el mundo, incluida mi sobrina. Catalina pasaría por largos períodos de tiempo entre exámenes, cirugías y hospitales. La enfermedad que padecía había llevado a los médicos a desahuciar a la niña y le dieron como máximo un año de vida, durante el cual le tenían que hacer trasfusiones continuas de sangre, las cuales se las realizaban cada mes, ya que esta condición hacía que ella no produjera su propia sangre. Así que cuando era trasfundida se le veía saludable y llena de vida, pero al pasar de los días perdía energía, vitalidad, su color y se iba desvaneciendo.

Empezamos a orar por Catalina, hacíamos cadenas de oración y Dios en su misericordia permitió que ella sobrepasara su primer año, vivió hasta cumplir sus once años, lo cual era considerado por los mismos médicos como un verdadero milagro. Catalina era la ternura viviendo en un envase pequeño, era dulce y amorosa, juguetona y coqueta, no había nadie que le conociera que no quedara enamorado de ella.

Catalina se fue en el año 1996, se marchó en paz y diciéndole a su mamá que no se pusiera triste porque ella iba a estar en un buen lugar con Jesús; que allí ella estaría esperando por ella.

Su partida fue muy triste y dolorosa para toda la familia, pero Catalina nos dio la más grande lección sobre la vida: saber vivirla con determinación y alegría. Siempre se le encontraba riendo, excepto cuando perdía su energía, se decaía su ánimo y entonces como decía yo, había que ponerle gasolina. Cuando le hacían la trasfusión de sangre era literalmente como si le llenaran el tanque de gasolina y de nuevo se recuperaba rápidamente. Catalina reía hasta el cansancio. Cuando estaba conmigo le gustaba muchísimo acostarse sobre una mesa, allí acostada se levantaba todo su vestido dejando ver su barriga, y luego me decía: "Tío, hágame piano".

Hacerle piano consistía en pararme frente a ella e imaginar que ella tenía su barriguita llena de teclas, y sobre aquellas teclas imaginarias yo colocaba mis dedos e interpretaba una canción; ella literalmente moría de la risa, su aire se le acababa y al recuperarse me volvía a decir: "Tío, hágame piano otra vez".

Recuerdo a Catalina con mucho cariño y nostalgia, pero como ella decía con la esperanza de verla de nuevo allá en la eternidad, donde muy seguramente alguien más está tomando mi lugar y está haciéndole piano y gozando de su alegría y de su contagiable risa.

MI MADRE SE VA CON EL SEÑOR

1997 fue otro año para recordar, en éste sucedería otro acontecimiento muy triste para toda la familia. Viviendo en Medellín nos dieron la noticia que mi mamá estaba en el hospital de Pereira, al parecer había tenido un derrame cerebral. Viajamos hasta dicha ciudad y en el hospital pude ver a mi viejita en un estado muy lamentable, llena de tubos y en coma. Fue difícil verla así, ya que siempre se le veía llena de vida y contando chistes. A pesar de sus ochenta años y veintidós partos era muy sana y fuerte.

Muy pocas veces le oímos quejarse por alguna enfermedad o dolencia, pero allí estaba; me le acerqué al oído y le dije: "mamá soy Rodrigo. Aquí estamos, hemos venido desde Medellín para estar contigo, bien sabes cuánto te amamos y cuánto agradecemos a Dios por tu vida. Este momento no es un momento para tener temor, es para tener confianza, recuerde que usted le entregó su vida y corazón al Señor Jesucristo, usted le pertenece a Él, no tenga temor y ríndase en sus brazos de amor. Es tiempo de irte con Él, no luches por quedarte aquí. Mamá nos diste lo mejor de tu vida y ya es tiempo de recibir lo que Dios tiene para ti, vaya con Él. mamá, el Señor Jesús te está esperando y lo que Él tiene preparado para ti es mucho mejor que lo que puedas dejar aquí. Nosotros estamos bien y tú vas a estar mejor". La bendije, la abracé, le di un beso en la frente y la puse en las mejores manos; en las manos de Dios. Oré por mi mamá y pedí a Dios que no la dejara estar en coma por mucho tiempo; mi oración fue respondida y al día siguiente ella partió con el Señor.

Creo que le hacemos más bien a nuestros familiares ayudándoles a pasar a la eternidad, que llorando al pie de sus camas y rogándoles para que no se vayan y no nos dejen solos. Debe de ser terrible ante la impotencia de no poder quedarnos en esta vida y oyendo gritos de desesperación de nuestros seres queridos pidiéndonos que no nos vayamos. La verdad es que todos nosotros algún día tendremos que partir de este mundo, lo mejor sería hacerlo en paz y no amarrados a la pata de la cama en la que estamos falleciendo y lamentablemente amarrados por aquellos que más amamos.

Existe el principio y el fin de una vida; celebremos la vida, mientras estemos vivos y tengamos la oportunidad de hacerlo y cuando llegue el momento de entregar a alguien en las manos del creador, hagámoslo con gratitud y con dignidad. Soy consciente de que algún día mis hijos asistirán a mi funeral, incluso yo podría asistir al de mis hijos o al de mi esposa; pero creo que la misma gratitud que se tuvo al recibir un hijo, debe ser la misma que se tenga al entregarlo, al final todos nos iremos. La idea no es estar enojados y cuestionando a Dios porque se llevó a uno de los nuestros, sino agradecidos por el tiempo que nos permitió vivir con el que partió a la eternidad.

Qué bueno es poder disfrutar de cada momento y de cada uno de los seres que amamos, pero como dice el poema: "En vida hermano, en vida", lo que puedas hacer por ellos hazlo ahora y no esperes a que se hayan ido para querer hacer lo que ya no puedes. Ahora mismo, este mismo momento es el mejor y el más apropiado para dejarles saber que ellos son importantes, que se les ama o que son valiosos. Este es el momento para llevar flores, para hacer regalos, para tratarles bien, para extender invitaciones o llevarlos de vacaciones. En vida hermano, en vida.

Si vivimos bien y con gratitud por cada día y cada momento compartido, al final no habrá remordimientos y podremos decir al Señor:

"Gracias Señor por todos los años que nos prestaste y en los que nos permitiste disfrutar de cada momento, de cada persona, de cada ser querido, de amar y de recibir el amor de todos aquellos que nos acompañaron en este viaje por la existencia, aunque ya se hayan ido. Gracias Señor".

LLEGARON LOS PAPELES

Corría el año 1998, estábamos bien y sirviendo al Señor; además económicamente las cosas no podían estar mejor. En la iglesia ya teníamos un lugar de privilegio y la gente empezó a ver en mi esposa y en mí un llamamiento y un ministerio; mi esposa estuvo más abierta a esto que yo. Lo de llamamiento estaba bien, pero lo de tener un ministerio, todavía no era muy bien asimilado por mí. Lo que menos quería ser era pastor, aunque si me gustaba enseñar y ayudar a preparar eventos, sobre todo los que tenían que ver con parejas. Una tarde mientras estaba en el trabajo mi esposa me llamó y me dijo:

"Llegaron los papeles".

Le contesté:

"¿Cuáles papeles?"

Ella me contestó:

"Los de inmigración".

Esto quería decir que la solicitud de residencia que mi hermana Margarita había hecho en el 1984 ya estaba procesada; se estaban cumpliendo catorce años de espera, en vez de los cuatro que inicialmente se supuso que esperaríamos. En aquel tiempo una solicitud de residencia para un hermano demoraba cuatro años, pero a nosotros nos habían aplicado diez de castigo, gracias a nuestro tenebroso récord con inmigración.

La respuesta para mi esposa fue bien clara:

"Esos papeles llegaron tarde, porque yo ya no me voy".

Claro está que, esto yo lo decía sin el conocimiento de los planes que Dios estaba a punto de desarrollar.

Días después, entendí que el propósito de mi Padre celestial era lo más importante y le dije: "Señor, yo no quiero irme, pero si la residencia es un plan tuyo, entonces yo no solamente estoy dispuesto a dejar mi tierra y mi parentela, sino que también estoy dispuesto a dejar mi comodidad y en obediencia me iré".

Tomamos las cosas con mucha seriedad y determinación, así empezó el proceso para ver si finalmente tendríamos la residencia norteamericana.

Rodrigo Ángel

EN CAMINO HACIA LA RESIDENCIA

El fajo de papeles que enviaron desde la embajada americana era bastante grueso. En la primera página había unos espacios por llenar y pedían que llenáramos los datos que allí se pedían y que la enviáramos de regreso, pero que tuviéramos en cuenta que eso no garantizaría que tendríamos la residencia, sino que sería la forma de dejarle saber a ellos que nosotros habíamos recibido los papeles. Y así lo hicimos.

El montón de papeles tenía varias secciones, una de ellas era aquella donde nos informaban cuántos documentos teníamos que conseguir antes de la cita para la entrevista con un oficial de inmigración en Bogotá y que una vez tuviéramos absolutamente todos los documentos y en regla, entonces deberíamos enviarla también, y así ellos se darían por enterados que estábamos listos para que se nos enviara la fecha para la primera entrevista, pero esto tendría que esperar a que consiguiéramos todos los documentos solicitados.

Un mes después recibimos una carta de la embajada americana notificándonos que habían recibido la página donde nosotros les decíamos que ya teníamos todos los documentos en regla y que como ya teníamos todos los documentos listos, entonces nos estaban enviando la fecha para la entrevista, la cual era un mes después.

Yo le pregunté a mi esposa si ella había enviado tal página y me dijo que no.

Así que aquella página que supuesta habíamos enviado la buscamos entre el fajo de papeles que habíamos recibido de inmigración para ver si por equivocación la habíamos enviado y efectivamente esa página estaba allí, nosotros no la habíamos enviado, así que no entendíamos que estaba pasando.

Lo cierto del caso es que teníamos un mes para conseguir las partidas de bautismo, los certificados de nacimiento y los respectivos afidávits que respaldaran nuestra estadía en los Estados

Unidos; necesitábamos dos, uno de ellos fue de mi hermano Martín, el otro fue de un tío de mi esposa, de nombre Jorge, este último fue un caso bien curioso.

Meses atrás, Jorge un tío de mi esposa, había viajado a la ciudad de Bogotá, donde se relacionó con una joven quien era una prima lejana, de la cual se enamoró, después de unas semanas Jorge regresó a los estados Unidos y desde allí le propuso matrimonio, ella le dijo que sí y con tal propósito le había enviado un afidávit a la prima con quien supuestamente se iba casar, pero cuando ella vio la cosa en serio, le dejó saber a Jorge que no estaba tan enamorada como para casarse, y que no quería seguir adelante con el asunto. La verdad es que ella sí estaba enamorada, pero de otro hombre.

Así que Jorge, con decepción y todo, le pidió el favor a la prima que el afidávit que ella poseía, nos lo mandara a nosotros. Y... ya teníamos los dos afidávits.

La otra sección del fajo de papeles era la que tenía que ver con inmigración, en letras grandes decía:

"Si usted ha tenido problemas con inmigración en los Estados Unidos, eso lo hace a usted no elegible para recibir la residencia", o sea "no se vista que no va".

El gobierno de los Estados Unidos nos había declarado a mi esposa y a mí ciudadanos no gratos en ese país.

Le dije a mi esposa que yo entendía que los récords de inmigración sólo eran guardados por cinco años (lo cual no es cierto) y que no era necesario que mencionáramos los problemas que tuvimos con dicho organismo, pero ella le había puesto una señal al Señor; asunto del que yo no tenía conocimiento, le había dicho que si era propósito de él que viajáramos a los Estados Unidos, entonces Él iba a hacer que todo saliera bien y pasaría por encima aun de nuestro tenebroso récord de deportaciones que contaba en nuestra contra; eran dos deportaciones para mí y tres para ella.

Así que mencionamos todo al respecto. La mano de Dios se posó sobre nosotros y su ayuda fue maravillosa y en un tiempo inimaginable, obtuvimos todos los documentos que necesitábamos.

EN LA EMBAJADA AMERICANA

Asistimos a la cita en la embajada americana con nuestros hijos y al saber que nosotros habíamos tenido problema con inmigración en los Estados Unidos, nos pidieron la documentación que tuviéramos al respecto.

En una ocasión, tiempo atrás rasgué cantidad de papeles que inmigración nos había dado, y mientras tiraba hojas de papel al piso me detuve, no sé por qué, me dio por guardar dos hojas, y eso "por si las moscas".

Resultó que esas dos hojas eran precisamente las que el entrevistador quería ver.

Nos pidieron volver al día siguiente para tomarnos las huellas dactilares y enviarlas al FBI.

Mi esposa casi no tiene huellas, y esa noche en el lugar donde nos alojamos, estuvo lavando algunos implementos de cocina y parece ser que el detergente que usó estaba bastante fuerte y terminó por borrarle las pocas huellas que le quedaban.

Al día siguiente, me tomaron un set de huellas que salieron aceptables, a ella le sacaron cinco sets de los cuales ninguno se podía leer, así que el oficial que nos atendió escribió sobre las huellas de mi esposa: "Padece de dermatitis".

Pensé que allí quizás habría un obstáculo en el proceso, pues el FBI no iba a aceptar unas huellas que no se podían leer y regresamos a nuestra casa en Medellín.

Un mes después recibimos la notificación de que las huellas mías y las de Lucy habían sido aprobadas por el FBI y que, por lo tanto, no había problema para que se nos concediera la residencia. Regresamos a Bogotá y nos dieron los sobres que contenían nuestra residencia en los Estados Unidos. "La residencia era ya un hecho". Lágrimas de alegría y de agradecimiento a Dios corrían por nuestras mejillas.

Solamente quedaba vender todo lo que teníamos y viajar, cosa que no se veía nada fácil de hacer, ya que los tiempos vividos en mi país por esa época eran bien difíciles y la economía estaba bien afectada.

VENDIMOS HASTA LAS CUCHARAS

Al regresar a Medellín, pusimos toda diligencia para vender todo lo que teníamos. Primeramente, vendimos todos los enceres de la casa y posteriormente queríamos vender el carro y el negocio, pero allí también se hizo evidente la mano del Señor, pues, aunque usted no lo crea vendimos hasta las cucharas.

Una tarde como a eso de las cinco, puse un aviso de venta en la parte posterior del carro, era una camioneta Nissan pick up que habíamos comprado un año atrás, prácticamente todavía la estábamos estrenando, aún se veía como nueva. Fuimos pues esa tarde a la casa de una pareja de amigos, Alba y Enrique Gaviño para despedirlos, ya que se mudaban para España.

En el momento de salir de su casa, entró una mujer norteamericana, quien estaba como misionera en Colombia. Y exclamó: "¿De quién será ese carro que esta allá afuera para la venta?", "ese es el tipo de carro que yo le he estado pidiendo al Señor". Obviamente, yo salté y dije "ese carro es mío", y esa misma noche el carro estaba vendido y en efectivo.

Por otro lado, en Santuario seguía viviendo mi hermano Carlos y sin posibilidades de que se mudara de dicha población. Él era el propietario de una relojería y prendería.

En esos días unos maleantes lo atracaron y se le llevaron algunas pertenencias y un dinero en efectivo. Una semana después uno de los atracadores apareció muerto y corrieron rumores que afirmaban que mi hermano lo había mandado a matar; cosa que no era cierta, pero su permanencia en Santuario se hizo muy difícil y peligrosa; así que me llamó y me dejó saber que se quería mudar del pueblo y que acababa de vender su negocio y necesitaba comprar otro, pero que no sabía qué hacer y no tenía idea de quien pudiera vender un negocio que fuera afín con su profesión.

Obviamente yo salté de nuevo y le dije que mi negocio estaba en venta; unos minutos después mi negocio estaba vendido y en efectivo.

EN MIAMI COMO RESIDENTES

En marzo 19 de 1999 estábamos arribando a la ciudad de Miami.

Mi hermano Martín y su esposa Diana nos recibieron en su casa y tres meses más tarde nos mudamos para una casa rentada en el área de Kendall, en este lugar se encuentra la iglesia el Rey Jesús del apóstol Guillermo Maldonado, allí nos congregamos por espacio de ocho meses.

Para el mes de junio de este mismo año empecé a laborar como relojero en la joyería Manley's de North Miami; y por espacio de un año estuve viajando desde Kendall hasta North Miami, al final del cual nos mudamos para North Miami, en donde viví en una casa rentada, que le pertenecía a la dueña de la joyería en la que yo laboraba. Posteriormente le compramos la casa y en la actualidad vivimos en ella.

En este tiempo nos estamos congregando en la iglesia Comunidad de Fe, la cual es pastoreada por los apóstoles Herman y Ruth Dávila.

Comunidad de Fe ha sido para nuestra familia un cúmulo de cosas extraordinarias, ha sido un refugio, una escuela, una universidad, un área de servicio donde hemos aprendido a servir con excelencia; ha llegado a ser para todos los miembros de la familia Ángel un área de desarrollo ministerial, gozamos de una muy buena relación con la familia pastoral, a la cual amamos, servimos, apreciamos y respetamos mucho.

Nuestro pastor ha sido también un mentor y maestro, pero lo que más quiero resaltar es su fuerte llamado a formar hombres de Dios, y esto ha sido determinante en cuanto a lo que tiene que ver con el llamamiento y ministerio de cada uno de nosotros.

Desde el primer día que llegamos a Comunidad de Fe (CDF), nuestro pastor vio en mi esposa y en mí un potencial y un ministerio, en el cual yo mismo en esos momentos estaba todavía teniendo fuertes luchas para creer y aceptar.

Muchas otras personas me hablaron de mi llamamiento como pastor y maestro, pero yo seguía pensando que no era conmigo y que se trataba de alguien más; al punto que era muy común ver a alguien que "equivocadamente" se me acercara y me dijera "pastor", yo respondía de inmediato que yo no era pastor, señalando al pastor de la iglesia le mostraba sin lugar a duda que él era el pastor.

Fue en CDF que finalmente acepté que se trataba de mí, que no podía ser posible que tantas personas estuvieran "equivocadas" y consideré por primera vez en mi vida que quizá ellos tenían razón y que yo era quien tenía que estar equivocado.

En este proceso mi pastor Herman Dávila fue de gran ayuda, pues empezó a afirmarme, a guiarme, a disciplinarme y a darme no solamente el trato, sino también el reconocimiento y la posición de pastor.

Por este tiempo en oración le dije al Señor que no iba a luchar más con Él y que me rendía. No tiene caso pelear con alguien que nunca ha perdido una pelea y al que la Biblia da a conocer como el Poderoso inconquistable. Allí acepté de parte de Dios, el llamamiento y el ministerio al que estaba siendo impulsado.

Quiero decir que todavía me gustaba contar chistes, claro está, chistes que se pueden contar en familia. En algunas reuniones me pedían que contara algunos chistes, pero sin yo saberlo, también los chistes se habían constituido en un escondite en el que yo me escondía para no aceptar mi llamado como pastor.

Una tarde mientras me encontraba en mi trabajo me puse a escribir en una hoja de papel todos los chistes que me sabía, escribía el encabezamiento de cada uno de ellos, la idea era que al tenerlos escritos cuando me pidieran contar un chiste, entonces no tendría ningún problema tratando de recordarlos, porque allí estarían inscritos todos los que yo me sabía y no tendría que esforzarme por recordarlos. Llegué a escribir unos ochenta y cuatro chistes y sabía que aún me faltaban unos cuantos, así que guardé la hoja con los chistes en el maletín que siempre llevaba conmigo al trabajo y esperaba que mi memoria se recuperara para seguir escribiendo más chistes el día siguiente.

La mañana siguiente durante mi tiempo de oración el Señor me preguntó:

Rodrigo, "¿Dónde tienes la hoja con los chistes?".

Le conteste: Señor tú sabes que la tengo en mi maletín.

La puedes traer. "Dijo suavemente el Señor".

Sí, Señor. Le contesté y fui hasta mi cuarto, la busqué en el maletín y volví al lugar donde estaba orando.

De regreso le dije al Señor:

Aquí está la hoja con los chistes.

Seguidamente me preguntó:

"¿Me los quieres entregar?"

En esa única manera que el Señor tiene de explicar algo sin necesidad de palabras, entendí que Dios quería enseñarme algo,

y le contesté: Sí, Señor. No solamente te los entrego, sino que también estoy dispuesto a renunciar a ellos. Allí mismo rasgué la hoja en cientos de pedacitos. No estoy diciendo que contar chistes sea pecado. Por favor, no me entienda mal, lo que estoy queriendo decir es que en mi caso particular Dios quería enseñarme una increíble lección y entendí que Dios no me había llamado para contar chistes, sino para ser un pastor, un ministro suyo, un ministro competente de un nuevo pacto.

Una cosa es un pastor que de cuando en cuando cuenta chistes y otra cosa muy distinta es un hombre de Dios que cuenta chistes y que no quiere darse cuenta de que ha sido llamado a ser un pastor con un ministerio, y que evadiendo su llamado prefiere ser el "payaso" de la fiesta. Allí, con lágrimas en mis ojos le pedí perdón por haber evadido mi llamamiento y por primera vez lo acepté. Allí también le entregué mi profesión. Le dije al Señor: hoy acepto mi llamamiento y mi ministerio; te entrego mi profesión, así que tú me dirás cuándo será el día en el que yo arregle el último reloj. Además, a partir de hoy si tú dices que yo soy pastor, entonces yo soy pastor y si dices que yo soy profeta, también soy profeta; lo que tú digas que yo soy, yo lo soy.

A partir de este momento el cambio en mi interior fue impresionante, entré en otro nivel, mi vida dio un vuelco total y el hombre natural tuvo que cederle el paso al hombre de Dios que estaba dentro de mí; el proceso se aceleró y ahora nos proyectamos y nos movemos de una manera muy diferente dentro del reino de Dios.

Todavía no lo hemos alcanzado todo, y aún no somos perfectos. Al contrario, somos conscientes de lo mucho que tenemos por aprender y de lo mucho que nos falta para crecer; pero sabemos qué hacemos parte del plan y del propósito de Dios. Además sabemos que la buena obra que Él comenzó en nosotros la perfeccionará hasta el día de Jesucristo.

He entendido también que no soy yo, sino la presencia de Dios en mí, lo cual me lleva a decir con toda seguridad: "Si usted ve algo bueno en mí, tiene que ser Dios, si usted ve algo malo en mí, tengo que ser yo".

Hemos servido desde el área de la limpieza, recolección de basuras, pasando por el liderazgo de ujieres, diaconado, directores de la escuela del Espíritu Santo. Etc.

En febrero del 2009 finalmente nos ungieron como pastores asociados de Comunidad de Fe.

La forma en que conocimos a los pastores Dávila fue bien curiosa, pero muy dirigida por el Señor. Corría el 2001 al mudarnos a North Miami, estuvimos visitando una iglesia de las asambleas de Dios, llamada la Gran Comisión, donde estuvimos por espacio de dos años. Al final, de estos empezamos a sentir que ya estábamos cerrando un ciclo en esta congregación, y que era tiempo de movernos.

Todo empezó, el 31 de diciembre del 2001. Nos preparábamos para el servicio de fin de año, ya habían llegado unos quince hermanos y al mirar hacia el interior de la iglesia para saber qué cantidad de gente había, tuve la impresión de estar viendo una funeraria, lo cual fue bien extraño. Pensé que era una impresión mía; unos veinte minutos más tarde miré de nuevo y la impresión persistía, así que me hice una pregunta que me preocupó mucho más todavía: "Si es una funeraria, ¿quién es el muerto?" Y me dije: "Yo no quiero ser el muerto".

Por el mes de abril del 2002 estaba con mi esposa haciendo la limpieza de la iglesia, y mientras acomodábamos las sillas, hubo un momento en el que al mismo tiempo nos detuvimos, miramos alrededor, nos miramos a los ojos. Al unísono y al mismo tiempo nos preguntamos: "¿Qué estamos haciendo aquí?" El tiempo siguió su curso y por el mes de junio, en mis vacaciones llegué a un acuerdo con mi esposa, que las dos semanas de vacaciones sería un tiempo de indagarle al Señor, para conocer su voluntad y saber qué hacer.

Así lo hicimos, pero no asistimos a la iglesia que regularmente visitamos, sino que tomamos la decisión de ir de visita a una iglesia que el Rey Jesús había establecido en la ciudad de Hialeah y queríamos conocer quién era el pastor.

Ese día se mencionó en esta iglesia que tres meses más tarde tendrían un seminario de sanidad interior y de liberación, al cual quisimos asistir. Pedimos permiso a nuestro pastor y estuvimos allí; pero cuando pagamos la inscripción nos entregaron dos libros, uno de ellos era autoridad espiritual y el otro era los dones ministeriales, que nada tenían que ver con sanidad interior y liberación. Repliqué y dije que esos libros eran los libros equivocados; me aseguraron que eran los correctos. Entonces pregunté a qué era que nos habíamos inscrito, respondieron que acabábamos de ingresar al instituto bíblico. Entonces dije que no veníamos para el instituto bíblico, sino para el seminario de sanidad interior y de liberación, pero nos respondieron que el seminario antes mencionado lo habían postergado por otros tres meses.

Allí parados y ante la disyuntiva de si nos íbamos o nos quedábamos, tomamos la decisión de quedarnos en el instituto bíblico.

La primera clase fue muy confrontante y allí oímos la voz de Dios en cada concepto acerca de la autoridad espiritual. Durante el descanso alguien comentó que la segunda clase sería mucho mejor, porque el maestro era muy bueno y mencionaron al pastor

Herman Dávila. El nombre no nos dijo nada porque se trataba de alguien que ni conocíamos, ni habíamos oído mencionar.

Cuando dio inicio a la clase, el pastor Dávila se presentó y dio una corta información del tema que se trataría en la clase, pero de repente algo pasó y terminó hablando sobre un tema muy diferente: " Los tiempos de Dios". Yo estaba completamente tocado por la palabra de Dios y lágrimas salían de mis ojos.

Por la mitad del mensaje, el pastor aseguró que en la clase había unas personas que no venían para esa clase, pero que Dios les había tendido una trampa. Al final de la clase, me presenté con el pastor y le dije que yo era una de esas personas a la que Dios le había tendido la trampa. Ese día Dios me conectó con el pastor Herman Dávila y su ministerio; y hasta el día de hoy sirvo a su lado.

Antes de hacernos parte de Comunidad de Fe, hablamos con quien era el pastor de la iglesia a la que asistíamos dejándole saber que sentíamos de parte de Dios que era tiempo de cerrar el ciclo allí; después de haberle agradecido y orado por nosotros, partimos.

Llegamos a CDF un domingo en el mes de noviembre del 2002, se día el pastor Dávila estaba hablando acerca de levantar un ejército para Dios y preguntó quiénes querían ser parte de ese ejército. Acto seguido invitó a los presentes para que pasaran al altar, yo sentí un fuerte deseo de salir y hacer parte del ejército que él quería levantar para el Señor, pero pensaba que no estaba bien salir, pues aún no era miembro de la iglesia y además nadie me conocía, así que me quedé sentado, pero de repente sentí que una gran mano y muy fuerte me tomó del estómago y terminé parado allí en medio de la gente que había salido al altar aceptando el llamado.

Me encontraba en el último lugar, pues casi toda la iglesia acudió al llamado y estando allí parado vi cómo el pastor Dávila se abrió paso por en medio de la gente, me puso la mano sobre mi cabeza y se oyó la voz profética de Dios quien me decía a través de él:

"Al fin llegaste, estaba esperando por ti. Hijo he aquí a tu padre; padre he aquí a tu hijo". Desde aquel día supe que había llegado a mi casa y permanezco en ella hasta el día de hoy.

EL REGALO DE VIVIR

Al mirar en retrospectiva y ya cerca de cumplir mis primeros sesenta años de edad, es muy gratificante darme cuenta de que la vida ha sido toda una aventura que vale la pena ser vivida. Definitivamente todas las experiencias que se viven a lo largo de la vida tienen por objetivo enseñarnos a vivir, nos maduran y nos hacen más conscientes del regalo de la vida.

Puedo ver en el pasado todos aquellos momentos difíciles y que parecían insalvables, sólo para darme cuenta de cuánto fueron necesarios y cuánto bien nos hicieron tanto a mí como a mi esposa; sobre todo podemos ver la maravillosa mano de Dios moviéndose de una manera magistral en cada acontecimiento, haciendo que cada paso que dábamos nos acercara mucho más a Él, aunque en esos momentos no éramos completamente conscientes de ello.

La tendencia del corazón del hombre es cuestionar a Dios por cada cosa que nos sucede en nuestra vida. Siempre le preguntamos a Dios: "¿Por qué a mí? ¿Por qué yo? ¿Por qué esto o aquello?". En vez de esto debiéramos decir: "¡Por qué no a mí!".

En vez de querer saber el porqué de algo, es mucho mejor saber o conocer el "para qué", porque el "para qué" demarcaría un propósito; ya que nada ocurre simplemente porque sí.

El por qué nos hace más egoístas y egocéntricos; el para qué nos amplía la visión y el entendimiento ayudándonos a caminar por la avenida del servicio e impactando la vida de otros positivamente; que al final de todo es lo más importante en la vida de un hombre de Dios.

A veces creemos que somos intocables y que el Dios que nos creó y nos formó en el vientre de nuestras madres no tiene ningún derecho sobre su creación; sin darnos cuenta de que esto es arrogancia e insensatez.

Aun cuando pasamos por el difícil momento de ver a uno de los nuestros pasar a la eternidad cuestionamos a Dios y le decimos: "¿Por qué te lo llevaste? ¿Por qué me lo quitaste?". También se nos olvida que nada es nuestro, que todo es de Él, máxime cuando nosotros mismos y voluntariamente le hemos entregado todo. Le hemos entregado la vida, la familia y con la familia le entregamos a los hijos, al final Dios no nos quita nada, sólo tomó lo que le pertenece.

Cuando Dios interviene en nuestras vidas, siempre es para hacernos bien, Él es un Padre amoroso, un Dios bueno, de infinita misericordia y su gran amor permanece para siempre. Dios quiere que le seamos útiles y toda intervención de Dios es para que seamos buenos servidores porque la esencia del vivir es vivir para servir a Dios y a los demás. En el servicio hay vida y esta vida se hace mucho más valiosa cuando vivimos para servir.

Un ministerio grande no está determinado por el número de personas o por el tamaño de un edificio. Un ministerio grande está determinado por el servicio. Servicio a Dios es ministerio, servicio a nuestros semejantes es ministerio.

El servicio marcó el ministerio del Señor Jesús, Él mismo lo dijo: "*Yo no vine para ser servido, sino para servir*". (Marcos 10:45 RVR1960)

Romanos 8:28 RVR1960 nos recuerda una verdad preciosa de la palabra de Dios.

"*Y sabemos que a los que aman a Dios, todas las cosas les ayudan a bien, esto es, a los que conforme a su propósito son llamados*".

Esta verdad aplica para todo en el diario vivir y ni se diga en lo que tiene que ver con la relación matrimonial.

Nuestro matrimonio ha recibido la intervención directa de nuestro Dios, ¡y cuánto bien ha producido! Este febrero 12/18 fue nuestro aniversario número 38, todos estos años han sido como un paseo; sí, como un paseo, pero... por el Amazonas, y no es broma, ha sido toda una aventura, déjeme le explico:

Hemos tenido días claros, diáfanos y soleados, otros oscuros y tenebrosos en donde hemos tenido que caminar a tientas, muchas veces hicimos frente a los embates del tiempo y de las circunstancias, vimos de frente a la muerte y al dolor, pero también contemplamos la cara del amor y de la vida; fuimos conscientes de cómo los fuertes vientos de la desesperación y del abatimiento soplaban sin misericordia, pero también conocimos la paz y el poder que hay en el acuerdo; algunos tramos del camino tuvimos que hacerlo de rodillas, pero fue allí donde experimentamos una mano que nos sostenía y una voz que nos decía: "No temas, yo te ayudo". Notamos que en la quietud de la oración recibíamos fuerzas para avanzar y no desmayar; lo hacíamos con la seguridad única de saber que no estábamos solos y de estar seguros de que el Dios todopoderoso y eterno estaba de nuestro lado. Unas veces hicimos el viaje en burro, otras tuvimos que cargar al burro; hemos viajamos por diferentes terrenos, por valles, por montañas, por pedregales, y pantanos. Cruzamos ríos, caminamos bordeando precipicios, escalamos, también descendimos, volvimos a subir, no sé cuántas veces nos equivocamos y perdimos el camino, pero siempre que quisimos y nos pusimos de acuerdo volvíamos a encontrar el camino, además tengo que mencionar las muchas veces que enfrentamos fieras y anacondas y no me refiero a mi suegra, valga la aclaración.

También debo mencionar aquellos días en que navegamos por aguas borrascosas y turbias, pero también fueron muchas las veces que disfrutamos de un navegar por aguas azules y mansas que nos permitieron disfrutar de verdes praderas colmadas de árboles frutales, de hermosas flores y de cascadas cristalinas que invitaban a contemplar su belleza y esplendor.

Como pueden ver, no todo ha sido color de rosa, pero tampoco todo ha sido una pesadilla; pero sí sabemos que, de la mano del perdón, del respeto, del entendimiento y de la reconciliación, este caminar por estos años de relación, han sido toda una aventura, un viaje excitante y maravilloso que se hace entre dos. También entendemos que sobre las huellas que dejamos, los pies de nuestros hijos, de nuestros nietos y de nuestras generaciones caminarán, y que le servirá al Dios vivo con todo el corazón.

"Sólo en el poder del acuerdo es que dos pueden andar juntos, y sólo en el poder de Dios será para toda la vida y hasta que la muerte nos separe".

Nuestro hijo mayor se nos hizo todo un hombre, pero no cualquier hombre, un hombre de Dios al que amamos y respetamos mucho. Estudió mecánica de aviación y hoy en día trabaja ejerciendo esta profesión; se casó con una preciosa mujer, su nombre es Diana, una jovencita a quien también amamos, apreciamos y valoramos, fruto de esta unión son nuestros nietos Juandavid, Miguel, Jonathan, ellos llegaron para alegrar nuestra existencia, son unos nietos preciosos a los que amamos profundamente.

Para el mes de enero del 2019 estaremos recibiendo la tan esperada llegada de otro precioso bebé, otro nieto que también alegrará nuestros corazones, estoy hablando del bebé que se está formando en el vientre de nuestra hija Lina María, fruto del amor con su esposo Claudio, quien es otro hombre de Dios, músico y ministro de alabanza.

La más reciente integrante de esta familia es nuestra nieta Alannah, una hermosa, coqueta y enamoradora que está por cumplir sus primeros ocho meses, ella es hija de nuestra hija Carolina y de su esposo Julio, otro un hombre de Dios y un ministro de alabanza. Julio y Claudio llegaron para enriquecer esta familia.

Lina María y Carolina, son dos preciosas princesas que se caracterizan por su amor y ternura, son muy amadas de mi corazón; son bellas por dentro y por fuera, su belleza tiene que ver más con la madre que conmigo, hasta el día de hoy son una bendición del cielo para su mamá y para mí, están radicadas en Willingboro, New Jersey; donde viven, trabajan y desarrollan su ministerio.

Ahora mi esposa y yo nos preparamos para vivir y disfrutar otra etapa en nuestras vidas, pues nos hemos quedado "solos", pero esto de quedarse "solo" me está gustando.

Algunas personas nos han preguntado si tenemos el síndrome del nido vacío, quieren saber qué tan terrible es eso. Mi respuesta es bien simple. El síndrome del nido vacío puede ser una realidad en parejas que no tuvieron una buena relación o no hubo una

buena comunicación entre ellos; cuando esto sucede, generalmente uno de los cónyuges trata de llenar esta carencia con uno o con
los hijos, de tal manera que cuando los hijos se van, quedan dos
perfectos desconocidos y sin comunicación que ahora tienen que
aprender a vivir "solos" y entonces experimentan "el síndrome
del nido vacío", para muchas parejas esto es terrible. Pero si la
pareja mejora su relación, su comunicación, se respetan y se aman
antes de que los hijos se vayan, entonces no tienen que vivir y experimentar este síndrome.

Al pasar del tiempo y de las innumerables experiencias que se
pueden llegar a vivir, es muy importante reconocer la bondad, la
fidelidad y la paciencia que Dios tiene para con cada uno de nosotros. Definitivamente nosotros tenemos suficientes evidencias para emitir un veredicto y éste tiene que ser claro y contundente:
"Dios ha sido bueno y bueno en gran manera".

Cuando pienso en la bondad de Dios debo decir que Dios es
bueno. En otras palabras, la esencia de Dios es ser bueno, Él es
bueno por naturaleza, no tiene que hacer ningún esfuerzo para ser
bueno; algunos se preguntan, ¿por qué el Señor Jesús en las bodas
de Caná de Galilea hizo el mejor vino para el final de la fiesta? La
respuesta es simple, porque "Él no sabe hacer mal vino", Jesús
hizo el mejor vino, porque todo lo que Él hace lo hace bien y con
excelencia, Él sólo sabe hacer el bien y sólo sabe hacer lo bueno.

Piense en esto, imagínese que un día usted decide ser bueno
con alguien y cuando digo ser bueno es que usted desea desbor-
darse y sin medida.

Estoy seguro de que lo primero que usted haría es pensar con
quién ser bueno, ya que usted no sería bueno con todas las personas, sólo con algunas, lo cual le llevaría a ser selectivo; usted muy
seguramente pensaría: "Voy a ser bueno con mi madre, mi padre,
mi hijo o con una tía que es muy especial".

La idea es que por más bueno que usted quiera ser y por más
que usted quiera hacer un derroche de bondad y de benignidad,
no lo será con todos y siempre encontrará límites y topes que no
le permitirán ser tan bueno como usted piensa ser, ya que nuestra

esencia y nuestra naturaleza no es ser buenos, debido a que el corazón del hombre está inclinado a hacer el mal continuamente, pero con nuestro Dios no sucede de la misma manera, Él es bueno y cuando Dios quiere serlo, hace un despliegue de bondad como nadie más puede hacerlo, de tal manera que como su esencia es ser bueno y no tiene límites ni topes que le impidan ser bueno. Así que cuando Dios quiere ser bueno con alguien; Él se desborda porque su esencia ser bueno y como no tiene límites no sabe dónde parar, así que siempre termina desbordándose, dando en abundancia mucho más desmedidamente y sobreabundándose.

Dios no tiene bondad, Él es la bondad en su máxima expresión.

Con esto en mente puedo asegurar que a lo largo de mi vida Dios quiso ser bueno y... "Ups", ¡se le fue la mano!

En síntesis, la vida con todas las experiencias, circunstancias y aventuras, con todos sus altos y sus bajos que nos permite vivir, vale la pena ser vivida.

He vivido mi vida plenamente y ahora en mis sesenta años de edad, he recibido la promesa de parte de Dios de que viviré una segunda juventud, así que todavía queda vida para ser vivida y espero de la mano de mi Dios vivirla intensamente. Definitivamente los mejores años esperan por ser vividos y encomiendo a Dios mi camino para que el enderece mis pasos.

Doy gracias a mi Señor Jesucristo por la vida que me ha dado, tanto física como espiritual, por la gracia, el favor y la prosperidad que se han derramado sobre mí y sobre los míos con tanta abundancia y con tanto bien, por su amor y su aceptación que han transformado mi vida, por el precioso Espíritu Santo quien ha sido mi guía, mi maestro y mi compañero del camino en este viaje de mi existencia, Él es quien siempre ha estado ahí, nunca me ha dejado, nunca me ha desamparado y ha permanecido fiel.

Gracias Espíritu Santo por la unción, por la palabra, por el amor, por la presencia y por el respaldo que incondicionalmente siempre me has dado.

En la actualidad seguimos laborando en Comunidad de Fe como pastores asociados, mi esposa es conocida como "Lea Lucy" porque en ocasiones y durante el servicio ella lee versículos de la palabra de Dios, cuando el pastor desea que ella lea le dice: "Lea Lucy". Ella sigue siendo mi inspiración, mi colaboradora y ayuda incondicional. Ella es mi compañera de milicia.

Quiero en este punto levantar un altar de gratitud, de honra y de alabanza a mi Padre celestial, quiero levantar el Nombre de mi Señor Jesús en alto, porque Él es digno, y deseo hacer parte de este libro una poesía que en algún momento de mi vida escribí al Espíritu Santo, mientras me encontraba en mi carro esperando a que mi hija Carolina presentara un examen que le iba a tomar como unas cuatro horas, estando allí esperando, de repente la presencia de Dios inundó mi carro y entonces sentí una inmensa necesidad de adorarle, de alabarle y de glorificarle; entonces empecé a poner en el papel los sentimientos y las emociones que brotaban de mi corazón; esta poesía se llama precisamente así: Espíritu Santo.

ESPÍRITU SANTO

Ésta es una mañana que habla de ti,
es un día de mucho viento.
Y en el silencio de la soledad, puedo percibir tu presencia,
La lluvia de tu gracia cae sobre mi corazón,
El sonido del viento susurra a mis oídos que me amas,
Y que sólo tú le das un verdadero sentido a mi existencia,
Ya no puedo vivir sin ti y tampoco quiero.
¡Sin ti para que quiero la vida!
Esta vida sin la vida dejaría de ser vida,
Y vivirla sin ti sería como quitarle las alas
A alguien que ya no puede volar,
O como querer esperar sin que haya esperanza.
¡Tú eres la vida!

Hoy vengo a ti Señor porque tú eres mi única esperanza,
Porque sólo tú me haces vivir confiado,
Porque pudiste haberme dejado sin amor, pero me amaste,
¡Cómo podrías haberme dejado sin amor si tú eres el amor!

Hoy vivo porque tú vives, tú eres la vida y la vida eres tú.
Padre mío yo te alabo, por tus grandezas y maravillas,
Me libraste de la muerte con tu vida,
Me llenaste con tu vida y con tu gozo,
Me llenaste con tu gracia y con tu poder.
Espíritu Santo cautivaste mi corazón,
Llegaste cuando no esperaba por ti,
Entraste a la salvaje soledad de mi alma
Y la soledad se esfumó como algo que nunca fue.
Fui un triste y rechazado rompecabezas
al que siempre le faltó una pieza,
Pero llegaste tú, tú eras esa única pieza que me faltaba,
Y hoy tú eres la plenitud de mi vida, estoy completo en ti.

Cuando nadie me quiso ver, tú me miraste,
Cuando nadie me pudo amar tú me enamoraste,
Y en el frío del abandono me pusiste sobre una nube y me hiciste soñar,
Tu calor y tu dulzura me han conmovido, me ataste a tu corazón,
Me has hecho uno contigo y no me quiero soltar.
Espíritu Santo, ¡átame un poco más!

Espíritu Santo eres el más bello y precioso,
Tú eres mi mayor riqueza y mi mayor tesoro.
No te dejo por nada del mundo.
Y el mundo no me puede ofrecer nada que me pueda separar de ti.
Eres el más hermoso,
Eres mi amado,
Tú eres mío y yo soy tuyo,
Soy propiedad del Rey y ya no soy más mío.
Tómame, lléname, invádeme, renuévame, transfórmame.
Haz tu absoluta voluntad, cumple tu propósito en mí.
Ya no me pertenezco, ya no soy más mío, mi vida es tuya,
¡Tómala Señor! Tuyo soy.
En tus manos están mis días,
En tus manos están mis tiempos.

Espíritu Santo recibe mi amor y mi gratitud,
¿Qué más te puedo decir?
Amarte es un privilegio,
Servirte es un honor,
Agradecerte es imperante,
Alabarte es una necesidad,
Reconocerte es un deber,
Exaltarte es adorarte.
Adorarte es un deseo,
Es un anhelo,

Es un objetivo,
Es una meta,
Es un fin,
Adorarte es tocar las fibras más profundas de tu corazón
¡Es por esto y por mucho más que yo te adoro mi Señor!

Termino con esta bendición para todos y cada uno de aquellos que han tenido la oportunidad de leer este libro.

"Que la tierra que fluye leche y miel sea también la tierra del vino y del aceite,

Que produzca en abundancia para ti y para tus generaciones,

Que seas bendito en la ciudad y donde quiera que te encuentres,

Que sean benditos el fruto de tu vientre y benditas sean tus cosechas.

Que tu canasta nunca este vacía y que no tengas necesidad de ningún bien,

Que seas bendito tú en el hogar, que bendita sea tu familia y bendito sea tu matrimonio,

Que las relaciones con tu esposa y con tus hijos sean nutridas por la palabra de Dios,

Que tengas una larga vida para que veas a tus hijos y nietos sirviendo al Señor,

Que todos aquellos que buscan tu mal sean esparcidos y confundidos,

Que al buscar a tus enemigos no los encuentres, porque serán como nada,

Que el trabajo de tus manos produzca en abundancia y te sacies del bien de tu casa,

Que Dios te bendiga mucho más de lo que hasta el día de hoy ya lo ha hecho,

Que el buen Dios derrame sobre ti los cielos para que disfrutes de su generoso tesoro,

Que el Señor haga brillar su rostro sobre ti y cumpla todo su propósito en ti,

Que todo el favor, la gracia, el amor, la aceptación, la misericordia y la prosperidad del Dios todo poderoso y eterno vengan sobre ti y sobre los tuyos con abundancia de todo bien.

Sepa pues amado lector que no se puede vivir a medias, porque "El saber que se muere poco a poco es más duro que la misma muerte". Vive pues la vida con gratitud, con alegría y con intensidad. Vive la vida como si estuvieras vivo. No olvides lo que dice Salmos 118:24 RVR1960: *"Este es el día que hizo Jehová; Nos gozaremos y alegraremos en él"*.

Dios hace el día, a ti te corresponde entonces poner la alegría, la alegría de vivir. La alegría de estar vivo. La alegría de disfrutar del autor de la vida, Él es el que nos da la vida.

Isaías 3:10 RVR1960 nos recuerda: *"Decid al justo que le irá bien, porque comerá de los frutos de sus manos"*

Decide pues vivir bien, porque todo está dado para que vivas de la mejor manera.

Se feliz en este momento, porque este momento es tu regalo de vivir.

Ama en este momento, porque este momento es tu regalo de vivir.

Perdona en este momento, porque este momento es tu regalo de vivir.

Vive intensamente, porque este momento es tu regalo de vivir.

Vuelve tu corazón a Dios en este momento, porque este momento es tu regalo de vivir.

AGRADECIMIENTOS

A Dios mi Padre celestial, por su amor, paciencia y fidelidad, porque nunca se rindió conmigo, porque siempre creyó en mí y siempre vio un potencial que sin yo darme cuenta era Él mismo morando en mí, era Él quien me capacitaba y me impulsaba para seguir adelante y sin que me rindiera.

Agradezco al precioso Espíritu Santo quien es mi maestro por excelencia y quien me motivó para escribir este libro, que espero que bajo su unción ministre, inspire, cambie, transforme y bendiga grandemente a todos aquellos que lo lean.

Gracias doy a Dios por Jesucristo, quien por su sacrificio, muerte y resurrección, me ha perdonado, restaurado y posicionado en su reino.

A mi esposa, mi bella, mi muy amada esposa Lucy por tener la gracia, la unción y la paciencia para vivir con un hombre como yo y por darme su amor, sus cuidados, su atención y por permanecer a mi lado después de tantos años de matrimonio.

A mis hijas Lina María, a su esposo Claudio y al bebé que está pidiendo pista para manifestarse en esta existencia y que aún no sé si será nieto o nieta. A Carolina, su esposo Julio, a mi nieta Alannah. A Andrés Julián, a Diana, a mis nietos Juandavid, Miguel y Jonathan.

Todos ellos son los que han sacado lo mejor de mí y me enseñaron a amar, hoy día me siento muy orgulloso de ellos y veré todo el propósito de Dios cumplido en sus vidas.

A mis pastores Herman y Ruth Dávila por su amor y por haber sido instrumentos de Dios para mi edificación y la de mi familia, por la sabiduría y por la gracia que Dios les dio para poder ver en mi esposa y en mí un ministerio grande y que podíamos ser útiles al reino. A Comunidad de Fe y a todo su equipo ministerial.

A todos aquellos que han hecho parte de mi existencia, a mis padres que ya no están, a los padres y familia de Lucy, a mis hermanos y hermanas, a mis cuñados y cuñadas, a mis sobrinos y sobrinas, a mis primos y primas, a mis amigos y hermanos en Cristo con los cuales hago parte de la familia de Dios. A todos, porque de una u otra forma con cada experiencia o circunstancia vivida la han enriquecido, porque todos ellos han hecho parte de una existencia que sólo puede ser vivida una sola vez. Todos han sido parte del regalo de vivir.

ACERCA DEL AUTOR

El Pastor Rodrigo Ángel sirve al Señor desde el año 1991. Actualmente vive en la ciudad de Miami, juntamente con su esposa Elvia Lucía se desempeñan como pastores asociados y directores de la Escuela del Espíritu Santo en Comunicad de Fe Ministries.

Made in the USA
Columbia, SC
14 April 2019